小松紀子エッセイ集　昨日の雨

目次

I

挿絵　平井辰夫

昨日の雨

I

縁《えにし》雫《ずく》

台風が次々とやってきた十月。もう嫌。雨も嵐も。秋晴れを望んで迎えた十一月。二日から二十人ばかりの仲間と一泊の予定で松江に行きました。生憎小雨です。

「日本死の臨床研究会年次大会―いのちをつなぐ」に参加する旅で、当日は午前四時にマイクロバスで今治を出発して、九時の開会に間に合わせました。朝食は道の駅で、と甘い考えでいたのですが、乗ったら早々にお腹がすいたものの、どこも開いていません。しかたなく、コンビニに立ち寄ってパンと牛乳を買ってバスの中で食べました。早朝のコンビニって結構混んでいるのですねえ。工事関係者やトラック便、マイカー族に団体バス旅行などなど。レジもトイレも混雑していて、一ヶ所では用が足せず、暗い道を、あちらに立ち寄り、こちらに立ち寄り、運転手の苦労を他所に、私達は松江に着くまで勝手気ままに過ごしました。

今年第三七回を迎える研究会の会場、くにびきメッセ（島根県立産業交流会館）は、二〇〇〇人を超える参加者で溢れかえっていました。初日はメインホールに陣取って教育講演やシンポジウムを聴こうと、頑張って座っていたのですが、しばらくすると気分が悪くなりました。寒気、吐き気に頭はどんより、微熱もあるようです。さっきまではどうもなかったんやからそのうちおさまるやろ、と自分に言い聞かせて辛抱していたのですが、どうにもおさまりません。死ぬほどつらいわけではないのですが、とても講演が聴ける体調ではないようです。仲間の一人に耳打ちしてから外へ出ました。

さてと、どこへいったものやら……。

とりあえず当日宿泊予定のホテルに行ってみました。フロントで事情を話して、部屋に入らせてほしい、と頼んでみたのですが、返事はノー。チェックインの時刻までは使えないとのつれない返事でした。ロビーの椅子にかけてみたらどうですかと言っていただいたのですが、そんな所で座る気分にはなれません。どこかで温かい紅茶でも飲んでみよう、と思いついて、松江駅の喫茶店に入りました。

ビジネスホテルって、昼間はもう本当に何のサービスもないのやから。小声でぶつぶつ。次に近くのデパートに入って、下着売り場に直行。真冬用の下着を買って、食堂街で温かい出雲そばを食べると少し落ち着きました。

そういえば教育講演の会場は、だだっ広く、天井は高く、ひんやりしていました。寝不足、週末疲れ、移動疲れ、そして寒さが体にさわったのでしょう。それにしても体力落ちたねえ。今度は元気な声でぶつぶつ。人心地がついたので、会場に戻りました。

「死の臨床研究会年次大会」は毎回二日間多彩なプログラムで参加者を飽きさせません。教育講演、シンポジウム、一般演題などに混じって、開催地の歴史や風土に関する講演、患者自身が語るコーナーや映画なども。今回は、癒しの空間、と称してミニコンサートが二回もありました。私が聞いたのは松江市在住のミュージシャン、浜田真理子さんの、ピアノの弾き語りでした。

水の都に雨が降る

夢で見たような銀色の空を
トタン屋根越しに仰いでみる
松江に雨が降る　古き水の都

傘を広げ　ひとりバスを待つ
…………中略
松江に雨が降る　古き水の都
傘をすぼめひとりバスに乗る
…………以下略。

作詞・作曲　安木のおじ

雫のようにぽとり、ぽとりと聴衆の心に落ちる歌。続いてトーク。――雨はいいですねえ。ストレスを洗い流して、心に潤いを与えてくれますねえ。松江には雨の似合うスポットがたくさんあるのですよ。松江に降る雨は縁雫といって人と人をつなげるのですよ――と、静かにしっとりと語り、また、自然に歌にトークにと続けます。私はうっとりと聞きました。各地で活躍しておられるそうですが、初めて耳にしました。

二日間の学会が済んで外へ出ると、また、しとしと雨でした。出雲大社に向かう頃にも雨は止みません。もう予定変更してまっすぐ帰ろう、と言う人。否、せっかくここまで来たのやからお参りしよう、と言う人。バスを走らせながら話し合って結局参拝することにしました。出雲大社では次から次へとバスやマイカーから人が降りてきます。雨なんかなんのそのといった勢いで、買ったばかりのビニール傘や帽子の列です。それもその筈、神無月から神在月に変わったところで、神様も、人も、ここ出雲に集まっているのです。縁結びの神様ですから若い人もいっぱいです。私も一生懸命に参道を歩きました。一晩休んで体調も戻っています。参拝を終える頃には体全体に湿気が回ってふやけていました。バスの中もしっとりとしていました。

それにしてもにぎやかな学会でした。

医療や介護の現場で「より良き死を」願う人々が大勢集いました。病院で、施設で、また、自宅で、迎える死のあり様は様々ですが、そこに至る生もまた様々です。生から死への道を歩く方に寄り添って、より良い援助ができるように、援助者としての力量を上げようと願う人々が集まったのです。患者さんも、一般の方も大歓迎の研究会で、主婦も学生も。子ども連れもぱらぱらと、会場の外で子守りを代わり合いながら出たり入ったりしていました。

混雑の中で思い出しました。松江に雨が降る、どこかで聞いた言葉だなあ。

都に雨の降るごとく、わが心にも涙ふる。
…………中略
うらさびたるこころには
おお、雨の音、雨の歌。

ヴェルレーヌ（鈴木信太郎訳）

雨に濡れながらたたずむ人がいる。
傘の花が咲く　土曜の昼下がり
…………以下略

千家和也　作詞
浜　圭介　作曲
三善英史　歌

昨今のゲリラ豪雨と違っていい雨だなあ。
こういう雨だったらいいなあ。傘を貸したり、借りたり、一つの傘に寄り添うことも、軒下で雨宿りしながら雑談もできるよねえ。だから縁雫って言えるのよねえ。

松江に降る雨、わが町に降る雨、そんな雨の中で来し方を振り返り、今を思い、これからを想像する日があるのも素敵だなあ。着るものを整えて外に出るのもよし、家に籠るのもよし……と。

学会会場近くの宍道湖に満々と湛えられている水、ホテルの朝食でいただいたシジミの味噌汁、しとしと降る雨、靄に霞む街、そして、研究会会場で、出雲大社で、やわらかい雨が、雫が落ちるように乾いた心に落ちて、固くなっていた心がやわらかになりました。もう雨は嫌。風も嫌。と思っていた、出かける前の気持ちはどこかに行ってしまったようです。

くまモン

「二〇一三熊本宣言」は、熊本市で開催された第五六回日本糖尿病学会学術集会で発表された大会宣言です。

「あなたとあなたの大切な人のために、

「Keep your A1c below 7%」

(血糖管理目標値ヘモグロビン・エイワンシーを七パーセント以下に保ちましょう)

糖尿病が気になる中高年の方の中には知っている人も結構多い臨床検査値HbA1c(ヘモグロビン・エイワンシー)。過去一〜二ヶ月の血糖の平均値を反映しています。

宣言はプレスリリースとして広くマスコミを通して紹介されたので見たり聞いたりして

おられる方も多いことと思います。後日、薬品メーカーの宣伝員が、診察室の机上に置く紙製スタンドを持ってきました。患者さんと先生とが一緒に見てください、との説明で。宣言文の側にくまモンが立っているデザインなのでとてもよく目につきます。私は毎日くまモンとにらめっこすることになりました。

二〇一四年五月、ひょんなことから熊本に出かける機会がやってきました。学会は土曜日の夕方には終わるので、熊本で知人に会ったり、かねがね行きたいと思っていた場所にでかけることにしました。その場所とは、江津湖。俳人、中村汀女氏の故郷です。

咳の子のなぞなぞあそびきりもなや

昔、駆け出し医者だった頃に出会ったこの句、いつまでも咳がだらだらと続いて機嫌の悪い児をあやす母親の姿を彷彿とさせています。当時の私は、「早く咳が出ないようにしてあげなさいよ。診察室で接するのはほんのひとときだけど母親はいつまでも大変なのだから」と思い、この句を仕事の励みとしていました。

汀女氏は、各地を転勤する夫の傍で、子育てをしながら俳句に精進されました。その俳句は主婦としての生活に立脚し、明快でした。台所俳句と揶揄されたこともあったそうですが、そんな批判に対しても「台所は女の職場」と公言してきりっとした姿勢を貫きました。折々に触れる彼女の俳句には、故郷江津湖と、その湖畔に一人暮らしておられた母親を思う句が沢山出てきます。診察室に入り浸っている私には、氏の俳句は時々帰る母の膝元のような場所でもありました。江津湖ってどんな所かしら？　行ってみたいな、と思っても、訪れる機会はなかなかやって来ませんでした。

ようやくやってきた機会に喜び勇んだ私は、熊本に住んでいる古くからの友人に道案内をお願いしました。彼女の運転で、ホテルから熊本市内を走ること十数分で江津湖です。とは言っても、ここが江津湖とわかるような大きな湖の広がりではなく、川巾が広がっただけといった感じで、しかも曲がりくねっているので、太い川といった光景でした。琵琶湖のような大きな湖を想像していたので意外でしたが、川岸は背の高い叢で覆われ、初夏の風に揺れている様は、その昔、近くの川で遊んだ子どもの頃を思い出させる、懐かしい景色でした。ボートの発着所があり、あひるの形をしたカートやゴムボート、木製のボートなどが次々と水面に繰り出しています。湖畔は公園になっていて、木々の合間に中村汀女氏の俳句スポットを示す標識がある他はごく普通の水辺です。長年の思い込みのせいで、特別なイメージを抱き過ぎていたことをおかしく感じたのでした。湖畔をぐるっと一回りして、熊本市立近代文芸館を訪ねると、女学生姿の汀女氏の写真がありました。才女の誉れ高かった破魔子（汀女氏の本名）は五高生の憧れの的だったとか。名を成した後の写真も何枚もありました。ただ、それらのどの写真よりも私が魅せられている汀女氏のお姿が我が家の書棚にあります。和服姿で庭に降り立っておられるお姿で、句集『薔薇装う』を飾る一枚です。昭和五十四年、主婦の友社出版、装画　片山南風、特装限定一五〇〇部のうち一三三七番とあります。布張りの製本で厚紙製の箱に収められています。

きりりとした中に、穏やかさと柔らかさのあるお姿に当時から憧れ、歳をとったらこういう姿になりたいな、と思い続けているのです。

汀女氏は和菓子を好まれました。『伝統の銘菓句集』昭和五十二年女子栄養大学出版部刊は各地の銘菓の写真が美しく、添えられている汀女氏の俳句によって、和菓子の味わいがさらに引き立つ楽しい本ですが、『薔薇装う』よりは買いやすい価格です。亡夫がその昔、学会で各地を旅すると、その地の銘菓をお土産に買ってきては、銘菓句集を広げて、汀女氏の句を朗読してくれました。仕事に明け暮れていた若い日々の束の間のくつろぎのひとときでした。まだカラー写真が高くついた昭和年代の出版です。この本には勿論熊本のお菓子も収載されています。「朝鮮飴」がそれで、昔、加藤清正公が慶長の役の際に、兵糧食とした飴が原型だとか。

冬晴の城下の町のそこに店　　中村汀女

今回は水前寺公園の門前で買いました。もっちりとした味わいのお菓子です。他のお菓子も沢山紙袋に詰め込んで帰途につきました。

九州新幹線に乗るのは今回で二度目です。

驚いたのは、案内の言葉が日本語、ハングル、中国語、英語の順なのです。英語が二番目に来るのが普通かなと思っていたのですが、新幹線といえども各地の状況に応じていて、韓国に近い九州では、乗客が多い国の言葉を優先するのですね。

学会会場とホテルの行き来で乗った市電やバスの駅でも、日本語と並んでハングルが目につきました。見知らぬ土地なので、地名などどちらの言葉にも馴染みがありません。日頃ラジオで聞き流しているだけのハングル学習では、文字を追うのは楽ではありません。バッグに忍ばせた小さなハングル辞書をやみくもに開いては表示の文字と対決しました。

とある場所で「구마몬」とあったので、一字一字追っていて、？と思って確かめるとくまモンでした。近くに大きなくまモンが立っていました。

ゆるキャラ全国一位を勝ち取ったことのあるくまモンです。私の住んでいる今治市もくまモンに負けじと、バリイさんを宣伝して、グランプリに輝きました。知人へのお土産にはバリイさんグッズを持って行きました。彼女の三歳のお孫さんは、右手にくまモン、左手にバリイさんを持って遊んでいるとか。

熊本から帰って、私はまた診察室でくまモンとにらめっこをしています。

「ところで、くまモンさん。貴方って太っているわね。糖尿病はないの？　ヘモグロビンエイワンシーはいくら？」

あなたと？

三十年も私の身近にあるのに、とりたてて気に留めることなく過ぎていて、ふとしたことで目に留まったものがあります。診察室にかかっている一枚の絵です。

まだ十歳になっていないであろう女の子が花籠を抱えてこちらを見ています。画面いっぱいに描かれていて、背景がほとんどないので、彼女が今いる場所は定かではありませんが、陽のあたる原っぱのようです。長い髪も、袖の短い夏服も、頸の周りの花輪も、籠の中の小花も揃って揺れています。動きを感じさせる画面にあって、ピタッと固定しているのは彼女の視線で、ぱっちりと大きく見開いた両方の目がこちらを見据えています。何かに驚いたような、好奇心に駆られているような、憧れているような目です。暗さや、恐怖心や、落ち着きのない目ではありません。だから彼女の表情は明るく、親しみやすい感じです。

昭和五十年秋、夫と訪れたフィリピンで、マニラ市内の路上で開かれていた市場でふと目があってこの絵を買いました。持ち帰って額に入れたものの、大きすぎて家には適当な場所がありませんでした。あちらに掛け、こちらに掛け、でも、どの場所もふさわしくなく、数年間は押入れの中や、箪笥の上、はたまた物置の一隅へと押しやっておりました。少女と目が合うたびに、早くちゃんとしたところに居らせてよ、と、責められるように感じておりました。

数年後、ようやく新築した病院の診察室の柱に掛けました。少女の視線に合うのが何となく怖くて、柱の高い位置を選びました。四階建てコンクリート造の建物で、しっかり太い柱にその額は実に程良く収まって、私はすっかり気分が落ち着き、その後は絵に目を向けることを忘れてしまっておりました。毎日額の下で診察机に向かっていながら、見下ろしている少女の存在に思いを向けることもなく。

先日のことです。七十代後半の女性の患者さんが、その絵を見上げてしみじみと言われました。良い絵ですねえ。なんて健康なんでしょう。そして、何と自然なんでしょう。先生、どなたの絵ですか？

…………。

私は言葉を失っておりました。

良い絵、健康な少女、描いた人の名？　どれもここ何十年感じたことも考えたこともないのでした。言われてみれば、少女は小麦色の肌をしています。陽に焼けることも気にせず戸外に立ちつづけています。帽子もかぶらずに。

外に出る時は熱中症対策をしてください。

急に暗くなったり、冷えるような感じや、風が強くなったら竜巻の前触れかもしれません。しっかりした建物の中に避難してください。

放射能汚染に気を付ける必要があります。土壌の洗浄は済んでいるでしょうか？

毎日、毎日、繰り返される外の天気の様相が最近は異常なまでに深刻になりました。もう！うるさい！と言いたいのですが、事実だから仕方がないのです。外に出るのが怖い。事故や災害の話ではないのですよ。お天道様の元での話なのですよ。

フィリピンの少女はお天道様の元で安心して陽にあたっているのです。日焼け、そばかす、色黒……。何にも気にしないで。その昔私にもあった少女時代を思い出しました。

年配の女性の一言でよく見るようになった一枚の絵。持ち主の私に長い間まともに見てもらえなかったのに、相変わらず大きな目をぱっちりとあけてこちらを見ています。

またある日のことです。母親に抱かれて診察室に入ったようこちゃんが言いました。

「おかあさん、おねえちゃんがいるよ」

「今度ここに来るときはきっとようこちゃんの方がおねえちゃんになってるよ」と母親。

「うん、ごはんいっぱいたべようわい」

その間、絵の持ち主はだんまり、むっつり。

絵の中の少女は私との会話はあきらめたのでしょうか？　診察室に入ってくる人たちと自主的に話し始めたようです。

立春を過ぎたばかりの頃のことです。

診察を済ませたおばあさんが言いました。

「先生、うちの家の雛さんを病院で飾ってもらえまいか？」

「え？　お宅のお雛様？　大事なものでしょう？」

「じゃけんど娘がうちへ置きっ放しにしとんよ。小さい家に住んどんで飾るとこないって言よんよ。雛さんも出してやらにゃいけんじゃろ。けんど、うちも出して飾る元気のうなったけん。去年まで気張って出したんじゃけんど、見てやるもんもおらんけん、怒っとるように見えよんよ」

私は困ってしまいました。人形までは診られんしね。

彼女に生返事をしておいてから、私は介護施設に顔のきく友人に相談してみました。病院はとても手狭でゆとりはないのですが、グループホームやデイサービスの広間ならスペースがあるのではないかしら？

「ああお雛さまの引っ越し？　その相談今日はもう二件目よ」

電話の向こうからあっけらかんとした返事が返ってきます。二つ返事で引き受けてくれた友人は数日間かけて行先を探してくれました。介護施設のフローリングの広間です。車椅子の老人たちが雛段の前に座ります。子どもはいません。

お雛様が戸惑って目をパチクリさせています。

私達、誰とお話したらええのやろか？　それに、暑いよねえ、ここは。十二単脱いでもええやろか？

段の上でひそひそ話？

こういう具合で何とか居場所を見つけました。

三月になりました。各地でお雛様が観光客を招いています。商店街やレトロな街中で、道に面した縁側や広間にお雛様を飾って通行人に見ていただく趣向が大流行りです。でも私、好きではありません。何故って、お雛様は、家の内の奥深くに座って家族や招かれたお客たちと話していたのでしょう。その家の女主人が、お酒や御馳走を用意しておもてなしをしたのではないでしょうか？　こうやって女の子はおもてなしのこころを学んだのではないでしょうか？

雛たち自身も盛装してお行儀よく並んで、見知らぬ人々のそぞろ歩きに趣向を添えるなんて考えたこともないのではないでしょうか。

額の中の少女も、盛装した雛たちも、それぞれに精いっぱいの表情で、私、貴方とお話することになったのですか？

こう問いかけているようです。そうして、自分たちの身の上や、環境の変化にさぞ驚いていることでしょう。

グループの名は、あじさい

花の中高年？　否、若い人もいるのですよ。十二名の女性グループが秋の週末一泊の旅に出ました。グループの名はあじさい。行先は野の花診療所。鳥取砂丘の近くにあります。温泉で一泊して、翌朝は砂丘へ、美術館へ。旅のメニューはこれだけ。他はバスの中で、食べる、飲む、しゃべる、ふざける、眺める、笑う、眠る、時には真剣な議論も。

座席のざわめきを他所に運転手はひた走りに走ります。窓の外では、ススキ、月見草、セイタカアワダチソウや、名も知らない花々がざわめいています。声は入って来ませんが、私達と同様に秋を楽しんでいる様子です。

診療所に到着する頃にはすっかり日が暮れていました。広い通りでバスを降りて、細い道をしばらく歩くと民家の隣に駐車場が現れ、小さな灯りが沢山見えました。門灯だけでなく、小窓の灯りが一階と二階から。障子越しの灯り、レースのカーテン越しの灯りが様々の姿で、駐車場に集まっておしゃべりしています。

ここやわ、表札を見たわけでもないのに、皆、口々にこう言いました。駐車場の端に細長く花が植わっているスペースがあって自然な歩道になっています。暗くてコスモス以外はよく見えないので、下ばかり見ながら歩いて行くと玄関の前に出ました。木の表札は、「野の花診療所」。ドアを明けると、正面に大きなガラス戸。その向こうは中庭。右はレストラン、左は図書室。どちらにも木の椅子が沢山。

受付は？　診察室は？　見つかりません。中庭を見ながら廊下を一回り歩いてゆくと、一番奥にレントゲン室や検査室が並んでいて、ここまで歩いて、ようやく診療所に来ていることがわかりました。小さな待合スペースと受付カウンターの間に仕切りはなく、家庭のリビングルームにいるような雰囲気です。診察時間は終了していて、受付カウンターの女性が事務長さんに取り次いでくれました。

ここから院内見学です。私達は三班に分けられました。二階への階段を上がると、こちらは病棟です。病室の入口には、民芸調の暖簾がかかっています。丁度夕食時で、白衣の上に色とりどりのエプロンを着けた看護師たちが配膳に回っていました。

「一人にしておいてください」

カードがぶら下がっている病室もあります。

その時には誰も入室せず、そっとしておいてあげるそうです。一回りしてみると、フロアの一隅が広々としていて、ソファーやテーブル、キッチンカウンター、ピアノも置いてあって、ここが診療所であることを忘れてしまいそうです。廊下にも、トイレにも、ロビーにも至る所に野の花が生けてあります。伺うと、全てボランティアの方々が生けてくださっているとか。建物全体が柔らかく、アットホームな雰囲気に包まれています。

木造二階建てのこの診療所は二〇〇一年に徳永進先生が開院されました。

『死の中の笑み』(ゆみる出版、一九八二年)で、講談社ノンフィクション賞を受けられた徳永進先生には、愛媛ターミナル研究会や勉強会で何度もご講演を聴かせていただきました。診療所を開設されたことを知って、グループの研修旅行の目的地に選んだのです。これまでに伺った沢山のお話の内容や、意味が、診療所を見せていただいて更に良く理解できました。

念願の見学が叶えられて満足した私達は、その夜、温泉でいつもの話の続きをしました。いつもの話というのは、死をテーマにしている勉強会のことです。と言っても雰囲気は決して重くはないのですよ。仕事で多くの患者さんたちを看取り、自分の身の廻りでも、親、兄弟姉妹、配偶者などの死を経験し、更には友人知己の死に出会ってきた年輪に加えて、今も、死に近い人々を診療し、看護し、介護し、家族の相談にのっている私たちです。月に一度の集まりですが、いつも誰かが、安らかな死、受け入れやすい死、受け入れにくい死、悲しみに暮れる死、学ばされる死、充実した人生を締めくくる死、その他いろいろの死の話を持って集まるのです。人々の老いや死に関わりながら、関わる者の思いを練る機会にしようとしているのです。

「愛媛でターミナルケアの勉強を」と願った医師、故小松晃の自宅では、今もあじさい会と名づけた小さなグループの集まりが続いています。

当時のメンバーに加えて新しい顔も見えます。

六月の例会には、あじさいを生けましょう。

耳をすます

第四金曜日夕方六時半頃、私の家に十五名程が集まります。夕食のお弁当代と運営経費として、それぞれ千円を所定の箱に入れてから、思い思いの場所に陣取ります。程々に集まった所で食事をし、大体食べ終わった頃、当番がその日最初の話題を提供します。メンバーは、医療や看護、介護、福祉、教育などの分野で仕事をしている者がほとんどなのでその分野の話題が多いです。二十分程度で、資料がある時もない時もあります。発表者が話し終えるまでは大体静かに聞いていますが、質問や意見などが出始めると後は喧々諤々、収拾がつかなくなることもあります。ひとしきり話に花が咲いた後でコーヒーブレーク。それからは先程の続きやその他の話がでて、そのうちに、帰る人は帰り、残る人は残ります。続く話に没頭しているうちに夜が更けます。始まりも終わりもきっちりしていなくて、だらだらしている会です。

十五人前後が集まって話をしていると。いつの間にか話題が分散することがあります。聴きたい話の方に向かって移動しようにも、急に席を替わるわけにもいかず（狭い会場なので、移りたくても身動きが取れないのが実情ですが……）残念なときがあります。

誰かが、「一つの話をしましょう」と注意喚起してくれると話題は一つに戻り、しばらくの間は皆が集中しますが、また、分散します。

こうして話がくっついたり、離れたりしているうちに夜が更け、皆が帰ると、ポカーンと静寂に包まれますが、私の頭の中は、静寂とは程遠く、まるで火事場です。今日聞いたいろいろの話で頭が一杯になっていて、すぐには眠れません。窓を開けて、外気をいっぱいに吸い込んで、肺だけでなく頭の中も中身を入れ替えます。一体何をそんなに長時間しゃべっているの？　誰かにこう訊かれても、正確には答えられません。それもその筈、大半は雑談で、結論なし、決定事項なし。ただの雑談なのです。

その昔、こんな唄がありました。

みんなでまあるく座りましょ
明日の日曜うれしいな

野球をしようか、魚釣り
それとも山へキノコとり
……後略……

作詞・作曲　不詳

座っている子ども達は皆で一つの話をしていたのでしょうね。ひとしきり話した後は、さっと散って、思い思いに遊んだのでしょうか。それとも皆で一つの遊びをしたのでしょうか。私達もまあるく座っているのですが、なかなか一つの話にならないのです。

雑談。さまざまの内容のことを気軽に話すこと。とりとめのない話。辞書にはこう書いてあります。気軽に話すとは言っても、メンバーには気軽に話せる人、口が重い人、どちらかと言えば聞き上手の人と、いろいろです。また、同じ人でも日によって気分も違います。ただし、どちらかと言えば、話し手、聞き手が固定化することもあります。話の途中で、誰かが話の腰を折ってしまったり、別の話をしたり、お互い顔が見えていても、全体の雰囲気がばらばらになったりします。話の輪の中に入れない人がいると、なんとかしなければ、と、気を揉むこともあります。

ある時、ずっと聞き手になっている人に、私が声を掛けました。貴女はどう思う？　彼女に話す機会を作りたいという思いからそうしたのですが、彼女は言いました。どうして私に喋らせようとするのですか？　折角私が耳をすまして皆さんのお話を聴いているというのに。

私はびっくりしました。話し好きの多いこのグループに、こんなふうに専ら聴きたいという人が居たことに。しかもこんなにはっきりと言われるとは。それからは、この会では、黙っている人に無理に話すことを促さないようにしています。

彼女は何時も、耳をすまして、他の人の話を一生懸命に聴いています。だんだんわかってきたのですが、彼女は長く診療所の事務をしていて、そこで感じる問題について、ここでの雑談の中にヒントが拾えることがあるらしいのです。大半のメンバーが帰ってから、彼女は次々と質問をします。こうなると、先ほどの聞き上手とは打って変わって饒舌になります。熱意のある質問に出会って、その場に残っているメンバーはたじたじとなりますが、皆で頭を抱えて話し合います。こうなると、話は一つに纏まって延々と続くのです。こういう経験をしてから、聴く人が話し手を活気づけることに気がつきました。

第一八回日本ホスピス・在宅ケア研究会（平成二十二年、鳥取市）の大会テーマは「いのちのおわりにみみをすます」でした。

あじさい会の年中行事として皆で参加すると、とりぎん文化会館の正面フロアでは、大きな縫いぐるみの白兎達が並んで参加者達を迎えていました。長い耳をぴんとたてて。

二日間「みみをすます」プログラムが満載で、私達はそれぞれ別れてあちらこちらのプログラムに参加しました。私が参加したのは、大阪大学総長、鷲田清一先生の講演で、「受け身の作法─聴くこと、待つこと」。


「聴くというのは待つことです。話す側からすれば、それは、何を言っても受け入れてもらえること。そういう、受け入れてもらえる感覚のことです。……中略……人は誰かに語ることでその苦しみを分かち持ってほしいと願うが、その苦しみはもっとも語りにくいものだ。だから、苦しみの語りは訥々としたものにならざるを得ない。……中略……。いのちの電話を聴く方たちはとことん待っておられるのです。それで、聴くことの重さに疲れ果てるのです。聴き終えてすぐには次の行動には移れないくらいです。仲間が一堂に集まって一斉に大きな声でしゃべりまくることがあります。ここでは聞いてもらいたいのではなく、自分を発散したいのです。会話の調子から言えばB型会話とでもいうのでしょうか。こうして自分を解放してようやく日常の暮らしの場に戻るのです……後略……」

この講演を聴いてから、私は、あじさい会での会話もB型会話に近いのかしらと考えるようになりました。いのちの電話とは比較にならないとは思いますが、それでも、メンバーの仕事である、医療、看護、介護、福祉、教育などの現場では重苦しい話が多々あります。月に一度、知らず知らずのうちに自分達を解放しているのではないでしょうか？

その場面に、「みみをすまして聴いている」人が居ることで、お互いが受け入れられ、更に進んで、もっと話しあい、聴きあう会になっていくのではないでしょうか。そうなると、まあるく座っている意味もあるでしょうね。

さて、あじさい会の名前の由来についてお話しましょう。あじさいは亡夫の好きな花でした。会を始めたのは亡夫で、当初は３Ｈ研究会といいました。ホスピス、ヘルス、ハートの頭文字を取ってこう名付け、主として読書会形式で死にゆく人達へのケアについて学んでいました。夫が亡くなったため、会は解散したのですが、一周忌の頃から当時のメンバーが何となく集まり始めました。難解な書物を読むのはつらいけど、易しい書物なら読めるかもしれないし、現場での経験を語りあうのもいいのではないかしら、と言い合って、再開しました。小さな花でも、集まって、あじさいのように一つの大きな花になりたいという願いを込めています。二十年の月日が経って、メンバーは一斉に年をとり、花の色は移り変わり、新しいメンバーもいるものの、「元気やった?」「膝が痛うてねえ」などとお互いに話しているところをみると、まるで安否確認をしている感じがしないでもありません。でもね、皆、とっても生き上手なのですよ。毎回、楽しい話やら、美味しいものを持って集まるのです。苦しい話、悲しい話、重い話などの間に、上手に気分転換しているのです。

そのせいかどうか、よく分からないのですが、会の連絡をしようと、パソコンでワードを開き、ひらがな入力で、あじさい会、と打って、漢字変換すると、決まって、味再開、となるのです。

「いいえ、私たちが再開したのはお勉強よ」と、パソコンに抗議するのですが、実の所は、食いしん坊の集まりであることを、我が家のパソコンはお見通しなのですよ。そういえば、このパソコン、部屋の隅っこで、いつも、耳をすましているのです。

エアポート

全便欠航決定、運行再開時期未定。

時折こんなニュースを見聞きすることがありますが、空港で自分が経験するとなると、まるでインパクトが違います。何十回も通っている沖縄で、台風とぴったりと鉢合わせして、帰りの那覇空港で足止めになりました。沖縄では大概たった一泊しかしない、弾丸ツアー（友人たちにこう言われています）が、今回は二泊せざるを得ない旅になりました。でも、ゆっくりしたわけではありません。

今日中に帰って明日は出勤しなければと焦っても、お天道さまのご都合とあれば苦情の矛先とてなく、再開便のチケットをゲットしようと、ひたすらカウンターの前に並びました。空港ロビーは人、人、人。何千人？チケット待ちの人だけではなく、手荷物を一時預けようと並んでいる人や、送迎の人も、ツアー関係者も、空港関係者も、みんなごちゃまぜで、長蛇の列は無秩序とはいえないまでも、時々流れの方向がうねったり、とぎれたり、他の列が割り込んで来たりして、気を緩めると目指すカウンターとは違った列に紛れ込んでいたりするのです。一人旅の私はトイレにも行けず、飲み物や食べ物も手にすることが出来ないままに二時間、三時間。立ち続けられなくて終には座り込んで、お土産にもらったマンゴーを皮ごと齧って時間を潰しました。

我慢も限界に達した頃、前に並んでいるおばさんが携帯電話で声高に話しているのに気がつきました。お連れの人と連絡を取っているらしいのですが、そのお連れはご主人のようです。レンタカーで旅をして空港まで来たもののこの事態で、夫はレンタカーに残り、妻は空港ビルに入ってきたようでした。

「何言ってんの！　それなら交代する？」

「待つしかないのよ。ここは。なんてわからず屋なの」

「男ってしょうがないわねえ！」

おばさんの口調はヒートアップするばかり。

「どう思います？」

遂に私に矛先が回ってきました。おー怖い！

私は内心びくびくしながら答えました。

「御主人、日頃は何でも部下がお膳立てしてくれる職場におられるのでしょうね」

「あら、よくわかるわね。その通りなのよ、今回も私がぜーんぶ段取りしたのよ」

「お仕事明日からですか？」

「それがね、予備日を一日取ってあるのよ」

「だったら、いいじゃないですか」

「あなた、何言ってんのよ。明日飛行機が飛んだとしても東京行きはね、とても切符が手に入らないわよ。これだけの人のうち、何人が東京行きだと思ってんの？」

語気が一層荒くなりました。ただぼんやりと並んでいる私と違って、彼女は情勢分析もしっかりしています。

俄か知り合いになった私達は、それからは交代で列を離れて食事に行ったり、トイレに行ったりしました。飲食街や土産物フロアは勿論、エスカレーターの周りにも通路にも人が座っています。欠航決定を知った頃はまだ穏やかだった空が、台風本番の風雨に変わっていて、空港ビルのエントランスから雨風が吹き込んでいます。列に戻ると、また彼女がしきりに電話をかけています。先程より口調が穏やかだと思ったら相手は息子さんだそうです。

「東京にいる息子にね、そちらからネットで再開便の予約取れないか訊いてるんよ。でも埒あかないようだわ」

「そりゃあねえ、これだけたくさんの切符を全部一から売り直すわけでしょ。こういう時は現場で待ってるのが結局はスムーズに事がはこぶのと違います？」

「あなたいいこと言うわね。それもそうね」

褒めてもらって私は気を良くしました。

混雑は相変わらずですが、とりあえず話し相手ができて、時には列から離れられるようになっただけでも状況は好転しているので、私は覚悟を決めて待つことにしました。何の進展もないような長蛇の列ですが、一足、一足前へ進んでいます。空港職員や航空会社の社員も懸命にプラカードを持って誘導しています。自社の方が切符が取りやすいと言って、この際乗り換えを勧める社員もいます。

彼女がまた携帯に向かっています。語調から察するに今度の相手はご主人かな？

「別の会社でも何でも切符買うよ。何、駄目なの。いつもの航空会社でないと安心できないって？　何言ってんの。男は仕事、仕事よ。あんたいつも言ってんじゃん。私はゆっくり帰るけど」

「お二人ご一緒に帰らないのですか？」

「この際しょうがないでしょ。だって男は仕事よ。一週間も休んで遊びにきたんやから、仕事には穴を空けんようにせんと！」

猛烈サラリーマンを支える猛烈奥様。流石。

「落ちたら落ちた時のことよね」

あーもうびっくり。長年連れ添うとこんなになるんでしょうか？　思わぬ人間模様を眼にして、この場も左程苦痛ばかりではない気分になってきました。

「ところで貴女、今夜泊まるとこあるの？」

「いいえ、切符が取れてから探すつもりです」

「あら、じゃあここに電話かけてみたら？　空室あると思うわよ。私達宿泊したんだけど」

教えてもらったホテルに空室がありました。

「ラッキー、ありがとうございます」

さっきは猛烈ぶりに驚いたけれど、今度は、危機管理能力に驚きました。

更に時間が経って、ようやく広島行きの予約番号を手にしました。一五六番です。明日飛ぶかどうかはお天道様次第なので、飛び始めてからの空席予約番号です。猛烈彼女の分は東京行きで一五三〇番。気がつくと辺りは暗くなっていました。ホテルが確保できているので余裕綽々です。

「良かったら私たちの車で一緒にホテルに行きませんか」

お申し出はありがたいのですが、奥様にきつーく当られていたご主人に会うのは気が進まないので、やんわりとお断りしてその場で別れました。

翌朝、風雨はかなり静まっていました。でも飛行再開のニュースはまだです。いつまでもホテルに居るわけにはいかないので空港に行って待つことにしました。ロビーは空港に行こうとしている客で溢れています。

「空港までご一緒しませんか？　運賃は割り勘で」

三十代くらいの男性から声をかけられました。四才位の女の子と知的な奥さんが一緒です。

「いいですよ。ご一緒しましょう」

その場の相談で、私は親戚のおばさんということにしました。乗り込んだタクシーはおばさんドライバーです。

「私達、沖縄が大好きなんです。一生懸命働いて、大型休みはいつも沖縄に来るんです。沢山の玉城《たまき》さんという方とお友達になりました。この子、環《たまき》っていう名前なんですけど、大きくなって玉城《たまき》さんという名の方と結婚したら、玉城環になるんでどうしよう、と夫婦で話をするんです」と、お母さん。

「あら、私、旧姓玉城なんですよ。ご縁ですねえ。息子はいませんが」

私が言って皆が笑いました。それから話がはずんで空港まで時間が経つのを忘れました。

「あれえ、メーター倒すの忘れました。環ちゃんが家の孫と同じ年頃であんまりかわいいものだから。お客さん、あのホテルからここまでいつも四二〇〇円なんで。すみませんが」

「いいですよ。ハイ、四二〇〇円」

年長の私が払いました。

「お客さん、今日はタクシーの日なんです。その日にメーター倒すの忘れるなんて、私」

渡されたカードには、大正元年八月五日東京でタクシーメーターを搭載したフォードが営業運転を始めた、と書いてありました。

おばさんドライバーと別れて、次にお連れとも別れる時がきました。私の手に二一〇〇円が押し付けられました。

「楽しかったね、玉城環ちゃん。さよなら」
再び空港で待つこと数時間。飛行は再開し、一五六番が遂にやってきて、私は機上の人となりました。危機管理能力抜群奥様にも、環ちゃんたちにも再び会うことはありませんでした。一日遅れて戻った街、家、職場は出かける前と全く変わっていなくて、そこでまた私の日常が再開しました。
エアポートのあの経験は何だったのかしら？
それは
混乱の　　　エアポート
立ち止まる　エアポート
座り込む　　エアポート
飛び立つ　　エアポート
降り立つ　　エアポート
　そして
出会いの　　エアポート　　でした。

五月十五日

「お客さん、今日は道が混んどるよ」

運転手に言われて初めて気がつきました。

五月十五日。沖縄の本土復帰記念日です。しかも日曜日。迂闊でした。飛行機の出発まで四時間程の時間を利用して、糸満の平和祈念資料館までタクシーを飛ばそうとしたのですが、計画は変更せざるを得ないようです。仕方なく、ゆいレール安里駅まで走ってもらってタクシーを降りました。高架を走るゆいレールの広い窓から那覇市街を眺めているうちにほんの数分で県庁前に着きます。沖縄に来ると一度は立ち寄るデパートに入ることにしました。

前の広場に人だかりがするので、出店かなと思って近寄ると踊り隊でした。古式の琉装あり、エイサー姿あり、琉球絣あり、制服あり、Tシャツあり、何でもありのチャンプルー。

よく見かける光景ですが、随分盛り上がっているのは、今日が特別の日だからでしょうか。踊り隊の間をかき分けて店内に入ると、パラソルや帽子、サンダルに水着、新茶にゼリー、どこにもある初夏のデパートの光景です。でも、バックグラウンドミュージックがしっくりしません。

夏も近づく八十八夜
野にも山にも若葉が香る……

五月といってもここは沖縄、いっそ夏の歌の方がしっくりするのでは？　いい歌が沖縄には沢山あるのにどうしたん、この選曲は？

デパートの選曲に頚を傾げながら各階をぶらぶら歩いていると、六階催場の一角が静まりかえっています。

「沖縄戦を読む」と題して何かやっています。入ろうとすると、「整理券お持ちですか？」。

「いいえ」

「今は収録中です。そのうち放送します。そちらでお聴きください。もっとも沖縄県内だけですが……」

一礼して足早に会場を後にしました。どうも今日はついていませんねえ。ショーケースに眼をやりながら歩いているとガシャガシャと音がする一角に来ていました。レコードショップです。そうそうＣＤを買うんだった。新聞の切り抜きを店員に渡すと、レジの横に山積みしている中から取り出してくれました。琉球交響楽団。沖縄県初のプロ・オーケストラです。

いったーあんまーまーかいが（おまえのお母さんはどこへいったの）

てぃんさぐぬ花（鳳仙花）／安里屋ユンタ／豊年音頭／童神／芭蕉布／島唄／十九の春

結成五年の若い楽団が、古くから歌い継がれている沖縄民謡にチャレンジしています。帰ってからのお楽しみとしましょう。

デパートからは空港に直行しました。

今回は特別の用件を抱えて沖縄に来ました。

一月に京都で亡くなった父の郷里、沖縄県国頭郡今帰仁村今泊のゆかりの人々と「偲ぶ会」を持ったのです。五月十四日（土）の夜をその日と決めて、私達兄弟姉妹は各地から沖縄に向かいました。那覇空港から車で二時間ばかり、山原《やんばる》とも呼ばれている地域です。十九歳で郷里を後にして、百歳で亡くなるまで、父は関西で暮らしましたが、故郷を恋う気持ちを生涯持ち続けました。父が始めた事業に郷里から次々と縁者が馳せ参じてくれたお蔭で事業も郷里との縁も続きました。子ども達は豚肉とゴーヤーで成長し、高校野球は沖縄を応援します。

偲ぶ会の幕開きは三線《さんしん》です。

きゆ　ぬ　ふくらしゃ　や
なう　に　じゃなたている
ついぶでい　うる　はなぬ
ついゆ　ちゃた　ぐとう
（今日の喜びは何にたとえるか
蕾んでいる花の露と出会ったごとく）

かぎやで風節。琉球の古い曲で、本来はおめでたい席で演奏されるのですが、父が殊の外愛唱していたので、今日も幕開けににぎやかに。続いて、挨拶や献杯。参加者から次々と思い出話がでて、更には歌も踊りもある沖縄風。村の小学校歌では皆が立ち上がりました。

青史彩る北山の
城下にそびゆる高楼は
北山健児八百が
知徳を磨く学びの舎
……以下略……

作詞　平敷兼仙
作曲　宮良長包

卒業生の兄や姉は勿論ですが、京都生まれ、京都育ちの私も一緒に歌えました。いつも歌わされていたのです。どの顔も懐かしく、積もる話に泣いたり笑ったりして夜が更けました。

翌朝は福木に囲まれた家々を訪ね、浜辺を歩きました。白百合が咲き乱れています。京都の家に白百合がいっぱい植わっている理由が良くわかりました。

特に考えて日程を選んだのではないのに、奇しくも復帰記念日に沖縄にいることになりました。父の思いがそうさせたのでしょう。

五月十五日。

暦を逆にめぐること三十余回、昭和四十七年のこの日。私達一家は京都で復帰の祝い膳を囲みました。写真には、祝鯛、寿司、と並んで、らふてぇー（沖縄風豚肉料理）、あんだぎー（揚げ菓子）が壺屋焼の大皿に盛られています。当日の京都新聞には、

「OKINAWAから沖縄県へ、つゆ空の世替わり」

大きなタイトルと共に、琉球政府主席から沖縄県知事になった屋良朝苗氏の姿があります。同じページに、「うれしく、心重く、京のウチナンチュ」と題して、工場の門に日の丸を掲げる父と従業員の姿があります。記事は続きます。

「……だが、『5・15』に反応する日本人の姿は複雑だ。そのうちでも沖縄の人たちは、一段と複雑な心境でこの日を迎えようとしている。京都府乙訓郡向日町にある光徳大理石工業株式会社。ここでは社長以下従業員とその家族、合わせて百余人がウチナンチュ（沖縄県人）だ。その人たちの胸中は、ズバリ『片手だけで万歳したい気持ちだ。両手を上げられる日は未だ遠い……』」

一人の従業員が皆の思いをこのように披露しています。更に父が言葉を続けます。当時六十七歳、沖縄を後にしてから五十年の歳月が経っています。

「五月十五日、それは文字通り、沖縄が日本になる日。その日が遂にやってきた。会社はこの日を休業にして、静かに喜びをかみしめたい。……太平洋戦争では、国内最大の戦場となり、二十万人の生命が消えた。その戦後、またまた異民族の支配下へ。沖縄県民はいつも犠牲を強いられてきた。だから、お祭り騒ぎの祝賀ムードや、これを機会に一儲けを図る商業主義に、私たちは言いようのない憤りを感じる」

同じページに、

「今日から国内扱いに、沖縄宛て郵便物」

という記事もあります。

「正月のたびに、〝外国年賀〟と朱書して距離感を感じさせられておりましたが、返還となれば懐かしい故郷はぐっと近くに引き寄せられ、こんなにうれしいことはございません。(中略) しかし、島の人たち全てが双手を上げて喜び祝うものでないことが、心を重くしますす」

人形「四つ竹踊り」を手に、歌人、井伊文子氏がコメントを寄せておられます。

前年の昭和四十六年、私達は新婚旅行先に沖縄を選びましたが、渡航手続きが必要でした。

一、予防接種

International certificate of vaccination or revaccination against smallpox

26 july 1971 rakusai hospital lot no 287 handai biken

（痘瘡ワクチン接種証明

一九七一年七月二六日　洛西病院　ロット番号二八七　阪大微研）

二、身分証明書　日本国総理府

本土と沖縄との間を旅行する日本人であることを証明する。

昭和四十六年八月六日　内閣総理大臣

両親や親戚の人たちが折に触れて聴かせてくれた沖縄戦の惨状も、その後、月日と共に私の心の中では褪せて来ていました。が、ある朝、ふと目覚めた午前四時、ＮＨＫラジオ深夜便「こころの時代～戦場の少女たち」で、ひめゆり平和祈念資料館の、宮城喜久子さんが話しておられました。初めはぼんやりとしか聞いていなかったのですが、兵士たちの傷の惨状や、空腹と恐怖の中で看病に走りまわる少女たちの姿が語られるにつれて次第に引き込まれました。宮城さんの折り目正しい日本語と共に、今も心に沁みついています。

戦後六十年を超え、褪せて行く記憶と戦い、高齢のわが身と戦いながら必死で戦争を語っておられる方のあることに胸を衝かれました。聞き逃した部分に未練が残り、ちょうど良い機会だから今回の沖縄行きで平和祈念資料館を訪ねようとして叶わなかったのですが、それは、たった一泊二日の沖縄滞在に五月十五日という日があったせいでした。

またの機会としましょう。

孤島にて

石垣島から更に飛行機を乗り継いで降り立った空港には、生暖かくて強い海風が吹いていました。走っている車の塗装が剥げているのが目立ちます。塩害だそうです。ひときわ塗装が剥げている迎えのワンボックスカーで島を一周してから民宿に入りました。放牧の牛たちが悠々と草を食べている島の景色に、何か月も前から楽しみにしていた沖縄の島巡りが実現したことにわくわくしました。

食堂で夕食を済ませて一時間ほど経った頃、熱いお茶が飲みたくなったので先程の食堂に行きました。隣の調理室はすっかり片付いてがらんとしていましたが、入口に背を向けて調理台に覆いかぶさるように座っているお年寄りと、両側におかみさんと若い女性の姿が見えました。

「お茶くださーい」

声をかけると、おかみさんが快く熱いお茶を入れてくれました。

「おばーがご飯食べんのでね」

その言葉で三人が何をしているか解りました。

泊り客の夕食の世話が終わってから、今度は母親に食事を食べさせているのです。民宿だから食べさせるものは難なく用意できるでしょう。でも、あの様子は……。旅先とは言え無関心では居られなくなって、私は医師であることを告げて訊ねました。

「具合悪いのですか？」

「頭がちょっとねえ」

母親は那覇に出かけた時に、道で転んで歩けなくなったそうです。通りがかりの人が救急車を呼んでくれました。大腿骨骨折で、手術とリハビリテーションを受けて三ヶ月後に島に戻りました。家族と離れて遠い病院にいる間に認知症の症状が出始めたそうです。でも島には病院も施設もないので家に帰る他はありません。診療所も毎日は開いていないのです。人口約一七〇〇人程度の島では仕方がないとはいうものの、民宿の傍ら家族で世話をするのは大変だろうと思いました。

こちらに背を向けて座っているのでおばーの表情は見えませんが、座っているのは普通の椅子ではなく車椅子で、右へ傾いたり、左へ傾いたり、前へのめったり、後ろへ反ったりして、安定していません。二人がかりで食べさせているのでしょう。

翌朝、私は運転手に頼んで、島で一番賑やかなところに連れていってもらいました。医療、福祉、保健関連施設がそこに行くとあるだろう、どういう施設があるのか、目にしたいものだと思ったのです。保健センターの看板がでている建物が見つかりましたが、休日なので人気はありません。介護サービスが島にあるとしたらそこが唯一の場所だろう、他の保健事業と混じって細々と行われているのだろうと思いました。民間事業ではとてもできないでしょう。今時多くの町や村では、ちょっと歩けば介護施設に行き当たります。介護事業所の名前を書いた車もどんどん走っています。そうして、要介護者も家族も沢山のサービスの中から選んで介護を受けています。

遊びに出かけた島で私は、とんでもない地域間格差を見てしまいました。介護保険料はしっかり払っていても、見合うだけの介護サービスを受けていない人々がおられる現実を。それにしてもあの家族は、自分達が置かれている現状について不平不満は口にしませんでした。医療や介護だけでなく、生活の全ての面で孤島故の不自由を覚悟しておられるのでしょう。力強く、また、時には運命と諦めて生活しておられるのでしょう。何とも心が痛み、気分が重くなりました。

その日の予定は、島一周遊覧船の旅です。

ところが、船出は順調だったのですが、ハプニングが私たちを待ち受けていました。船底のガラス板に顔をくっつけて海底遺跡を眺めること数十分、鮮やかな色の魚たちとすっかり仲良くなっていた時です。

目前に大きな岩が近づくと同時に、ガーン、大音響と共に船が傾きました。乗客たちがごろごろと転がりました。

「上がれ、上がれ」

叫んでいるのは乗務員なのか、乗客なのか、

私にはさっぱりわかりません。上ろうにも腰が抜けてしまって動けないのです。転がっていると、乗客らしい男性が私を甲板に通じる階段の下まで引きずって行ってくれました。辺りを見回すと、重なり合うように座っている人、人、人。目の前に姉がいます。くしゃくしゃ顔をこちらに向けて、「どうなってんの?」「わからーん!」。

「あのね、座礁したんですよ」

しっかりした口調で答える人がありました。

ショートカットの女性です。度胸が座っていますねえ。見とれてしまいました。

そこへ今度はオレンジ色の布が投げ込まれました。どこからか声がします。

「早くライフジャケット着ろー」

皆さっさと身につけていますが、私はまたもたもたしてしまいました。

「こうやって着るのよ」

さっきの女性がジャケットの袖に私の腕を通してくれました。でも前ファスナーがあいません。

「着られへん」。私はしょんぼり。

「あかん、小さい、小さい」。また誰かの声がして、別のジャケットが飛んできました。

さっきのは子ども用だったのかも。

「これ着てたら絶対に沈まないのよ」

ショートカットの女性がまた穏やかに言われました。もう尊敬あるのみ。

船は揺れ続けています。

多少は落ち着いて周りを見回してみると、船長の誘導で避難が始まっている様子です。

甲板の太い柱に括り付けた長い長いロープを持った乗組員が、泳いで一番近い岸に上り、岩にロープを巻き付けました。他の乗組員と男性の乗客たちも、後に続いて泳いで岸に渡り、皆で岩とロープの結びを強固にしました。これで船の揺れが小さくなりました。また何人かが再び岸から船から海に飛び込みました。

ここから乗客の避難です。甲板に居る乗客のうち高齢女性から順に一人一人、船長が手をとって誘導し、海の中にいる男たちに引き渡します。男たちが乗客を受け取り、ロープにつかまらせて抱き抱えるようにして海の中を泳いで、一番近くの岩場まで誘導します。ずぶ濡れで岩場に座り込む人、人。そのうちに乗客たちで一杯になりました。ロープを結んだ岩のある岸までは距離もあり、流れも速くてとても泳ぎきれないとの判断だったようです。洋服を着たまま海に入っていくのですから。

全員が岩場に移ってから救助を待つこと約二時間。上空に飛んできたヘリコプターから二人の潜水夫がロープを伝っておりてきて海にどぼーん。今度は三〜四人ずつゴムボートに乗せて、近くに来ていた釣り船に避難させてくれました。

こうして全員が無事に救助され、民宿に収容されました。温かい食事にありつき、お風呂にも入らせていただきました。ようやく落ち着いたのは夕方で、その日に予約していた飛行機は出発した後でした。濡れた衣類を洗って乾かしたり、あちらの部屋、こちらの部屋で三々五々に事故の話をしたり、何となく時間を潰して、翌朝島を離れました。

「三日午前十時頃、沖縄県、与那国島の新川鼻附近の通称「海底遺跡」で、遊覧船「ジャックスドルフィン」(十九トン、乗員乗客合計三十三人)が、浅瀬に乗揚げ救助を求めていると、第十一管区海上保安本部(那覇市)に通報があった。石垣海上保安本部では、巡視船を現場に向かわせるとともに、ヘリコプター一機と潜水士二人を派遣。午後一時十五分頃、三十三人全員を救助した。全員にけがはなく、流出油や沈没の心配もないという。同島付近の海中には、人工的な建造物にも見える岩場やトンネルなどがあり、「古代の海底遺跡」として観光客の人気を呼んでいる。この日は波浪注意報が発令されていた」

翌日の新聞の社会面に小さく報じられました。

事故のあった新川鼻は、テレビドラマ「ドクターコトー診療所」のロケが行われたところです。前日、島一周ドライブで訪れると、古びた診療所、往診用自転車、「志木那島診療所」の木の看板もそのままで、雨風に曝されて痛みがきていました。中へ入ると、待合室で観光客がテレビで、「ドクターコトー診療所」を見ていて、その人たちが診察の順番を待っているかのような錯覚に捕らわれました。離島医療の現状を織り込んだそのテレビドラマは人気がありました。私が訪ねたのは放映が終了してから約一年後でしたが、島の新名所になっていたのです。

人口約一七〇〇人、日本の最西端の島、与那国島。ドクターコトーこと五島健助はヒューマニティー溢れる医師として大活躍しました。

ドクター紀子は、遊びに出かけたこの島で、島の医療と介護の現実に驚き、また、遊覧船が座礁して泣きそうになりました。

ホットク

大雪のソウルで、日帰りツアー「ソウル今昔物語」に参加しました。ソウル市内と近郊にある三ヶ所の世界遺産を巡るツアーです。ホテルの出発カウンターに行くと、参加者は女性ばかりで、たったの四人、北海道から来たという若い女性二人連れと私達、四国・今治からの熟女二人だけでした。

「出発しましょう」

ツアーガイドの日本語の案内で元気よく歩き出しました。移動はマイクロバス。運転手を入れても総勢六人、まるで家族旅行のような気軽さです。此処で生まれ育ったというツアーガイドも初めて経験するという大雪の中を、

水源華城（スウォンファソン）

華城行宮（ファソンヘングン）

カルビの昼食、そして

昌徳宮（チャンドックン）

最後に南大門市場と明洞地区を散策します。

雪は止んでいるものの雪道ばかりです。着膨れて動きにくく、滑りやすく、手はかじかみ、耳は痛く、こんな日になんでこんなことしてるん？と言いたくなりました。私達二人は滑ったり、転びそうになったりしている道を、若い女性二人は雪など珍しくもないといった表情でスタスタと歩いてゆきます。彼女達の靴は雪道対応なので何の問題もないのです。北海道では冬場に備えて沢山売り出されているそうです。

何とか皆について歩いて、最終の見学先の昌徳宮にきました。ここでの見学は、案内言語別に班分けされていて、日本語の最後のグループ、午後二時半組に滑り込みました。ツアーガイドは正門で私達に入場券を渡すと、「行ってらっしゃい。私はここで待ちます」。

この時刻に合わせて集まった他のツアーグループの人たちも入れると合計三十人ほどになりました。ここからは専従ガイドにバトンタッチされるようです。

深いブルーの厚手ウール地のオーバーコート、パンツ、帽子、手袋、頸にきっちりと巻き付けたスカーフ等は全て黒一色で纏め、品の良い冬の制服です。足元はスニーカーで、雪と泥の道を全く気にせずに見学者達の前を歩きます。同じ制服に誘導される別の見学者グループが城内を塊になって移動していますが、説明の言語がハングルだったり、フランス語だったりするので、自分のグループを離れずに歩きます。ガイドは何度も念を押します。「足元には気をつけてください」と。

朝鮮王朝の治世の舞台であった昌徳宮は手入れが行き届いて、彩色鮮やかにその威容を伝えています。ガイドは説明の中で、政略結婚で李王朝に嫁いだ日本の皇族、李方子さまのことにも触れ、良いお働きをなさいました、と語りました。仏教婦人会のお世話を通して福祉や教育に尽力されたことを指しているのだと思いました。『流れのままに』(李方子昭和五十一年、啓祐社) を読んで、その生涯を少しは知っていたのですが、その舞台を眼の前にする機会を得たのでした。

鮮明に記憶を呼び覚ませてくれたガイドは、言葉だけでなく、両国の歴史もきっちりと勉強しておられる方のようでした。思わず聞き入ってしまうような美しい日本語と、わかりやすい解説でつなぎながら、傾斜だらけの雪道を、あちらの建物、こちらの庭園と案内して約一時間半で、一行を出発地点の正門まで連れて帰ってくれました。

「どちらで学ばれたのですか?」

「韓国の大学の日本語科で学びました」

別れ際に尋ねてみると、やっぱりねえ、と思わせる答えでした。ガイドのレベルの高さに、この国の観光への意気込みを見た思いです。

正門を出ると先程のツアーガイドが待っていて、ホットクですよ、熱いうちにどうぞ、で、四人の手に薄紙に包んだ物を載せてくれました。懐炉かなと思ったのですが、実は食べ物で、直径十センチ程の煎餅のようなお菓子でした。煎餅よりはぶ厚く、咬むと中から蜜がでてきます。石手寺の門前にあるお焼きに似ています。

「あそこで買ったのですよ」

前方の屋台を教えてくれました。冷えきった体が暖かくなって、ほっとした途端に口がなめらかになりました。

「そういえば日本で貰ったスケジュール表に、ここでホットクをどうぞ、と、書いてあったけどこれがそうなんですか？　私、ホットク言うたら、ツアーガイドさんが私たちを人に預けてほっとくのかしら、と思ったんだけど」

「なんですか、それ一寸見せてください」

スケジュール表を見たツアーガイドが笑って言いました。

「違いますよ。私は仕事ですからお客さんをほっといたりしませんよ。ホットクというお菓子なんですよ。中国から伝わったお菓子でね。鉄板の上で焼いて作るんですよ」日本語の駄洒落も十分理解されるツアーガイドでした。一時期日本で生活したことがあると言っておられました。大雪のソウルでホットクを食べて皆で笑ってホットになりました。

いいこと日記

十年以上前のことです。秋の初めに「いいこと日記」を買いました。イラストレーターの中山庸子さんが工夫された日記で、一日四行程度の枠組みとフリースペースで構成されていて、別冊で書き方の指導をしています。「身の回りのいいことを探して書きましょう。そうすればなりたい自分になれるのです。（以下略）」と提案しています。

積読主義の私のことで、この二冊は放置されたまま年末がきました。残すは一日。その日は朝から雨。時折雪に変わって、また、雨。今日こそは家の中をすっきりさせたいと意気込んでいるというのにこの天気。面白くないです。散らばっているものを集めてみると、今治市指定の、燃えるゴミ袋に一杯になりました。その時、「いいこと日記」が出てきました。でも関心はごみの始末の方です。今日はごみの収集には来てくれないのです。仕方がないので物置に入れて、しっかり戸を閉めました。門にも紐をぐるぐる巻いて年越し態勢です。

明けて元旦。快晴です。何かいいことがありそうな予感がします。年賀状の配達を待ってすぐに京都に出かける予定です。列車の中で一枚一枚ゆっくり見ようと思っています。返信用はがきもしっかり用意しています。

ところが、例年の配達時刻の十一時を過ぎても一向に配達されません。コートも着て靴も履いて、郵便受けの前で待つこと一時間。やっぱり来ません。ポトリ、ドサッという複合音に聞き耳をたて、郵便受けに手を突っ込み、表に回り、上を見、下を見て、それでも年賀状の束は現れません。とうとう、郵便局の、否、郵政公社の集配課に電話をすることにしました。郵便局の体制が変わった年でした。

出るかな？　出ました。遅配を問い合わせると、「すみません。段取りが悪くて遅れています。午後二時頃にはお届けできると思います」。

「え？　二時！」

後は言葉になりません。

京都の実家には百歳の父が待っています。早く来てほしい、と姉から連絡を受けています。配達を待たずにでかけることにしました。郵政公社に腹が立ってムシャクシャしています。

「いいこと日記」は家に置いたまま。

予讃線の沿線には雪が残っています。畑の白菜も、小松菜も雪の帽子をチョンと載せています。野原に人の姿はなく、絵葉書のような景色です。温かい車内でお弁当を食べ、お菓子をほおばり、お茶を飲み、のど飴をしゃぶっているうちに何時とはなく、眠ってしまっていました。気がつくと列車は瀬戸大橋を渡っています。海は凪いでいて、私の気分も凪いでいます。

京都は凍てつくような寒さです。ベッドの父は体のあちらこちらが痛くて眠れず、気分も優れません。世話をしている姉たちも疲れています。元旦の今日も介護サービスの方が来てくれたそうです。聞き取りにくい父の話に耳を傾けます。短い冬の一日はたちまち暮れて、翌二日、自力では便が出せない父に二人がかりで浣腸をします。おなかのマッサージもして、待つこと二十分、ようやく便が出ました。この日、父は機嫌よく眠りました。三日、眠っている間に夢を見たらしい父が、この世に居ない人の話や、八十年も前の話をしたりします。さっぱりわかりません。臨終だと思うから傍に居て、とも言うのです。父の頭の中では、あの世とこの世が同居し始め、時間や場所の観念が狂って来ているようです。午後になって、移動入浴サービスがきてくれて、お風呂タイムです。体を洗いながらスタッフが話しかけてくださいます。

「玉城さん、長生きの秘訣を教えてください」

「いつも前向きの気持ちでいることです」

気持ちがいいのでしょう。父はまともな受け答えをしています。お陰で周囲の者にも落ち着きが戻りました。でも、私はもう帰らねばなりません。

夜十時、帰宅した私を年賀状が待っています。

「紀子先生元気していますか?僕も元気です。大学でサッカーをしています」

太字のサインペンで書いた字が飛んだり跳ねたりして葉書から飛び出しそうです。選手がピッチに散らばっている様子に似ています。

「年末に二人目の女の子が生まれました。三〇〇〇グラムもあります。幸せ一杯です」

「元旦に年賀状をお届けできませんでした。ヨン様のせいではありません」

パソコンが壊れたという中年女性です。

「仕事よりばあちゃん業が忙しい一年でした」

美容師です。

あの人、この人、あの町、この町に心を奪われているうちに気がつくと午前一時。

「どうしよう、明日は仕事初めやわ。新年の挨拶もせなあかんわ」

「いいこと日記」は一行も書けていません。

三日坊主よりも始末が悪いのです。改めて別冊を開いて「いいこと日記」の書き方の続きを読んでみると、「落ち着いた気分で素の自分になれる時間と場所を選ぶこと」とありました。

ごみの始末に始まり、年賀状の配達が遅いとムシャクシャし、百歳の父の側では落ち着かない三が日。私が一番落ち着いた気分でいたのは移動中の列車の中でした。でもその時、「いいこと日記」は手元にありませんでした。

さて、どうやって書こうかな。

人　三題

「アイアムピーターフォックス、ナットピーターラビット」

ワンボックスカーに乗り込んだ私達にドライバーが英語で挨拶しました。ランカスター駅のホームで日本人女性ガイドに出会ってようやく人心地がついたところだったので、この英語はにっこりと聞けました。

「湖水地方気軽にぶらり旅」と名付けられたオプショナルツアーの始まりです。六月末のロンドンでテニス観戦が終わって、ユーストン駅で列車に乗り込むと、喧噪から逃れ、牧草地帯をひたすら走って二時間半で、ランカスター駅に到着しました。

姉と二人のイギリス旅行、ロンドン滞在中はガイドなしで行動しました。ツアーチケットの受け取りには、迷いながら地下鉄を乗り継いで旅行社まで辿りつきました。二人いるからなんとかなるわと軽い気持ちでいたのですが、アナウンスの英語も、切符売り場の係員の英語も、長いホームに一人居るか居ないかの地下鉄の係員の英語も、日頃日本で聞いている英語とは随分違っていました。実らない会話の連続の果てに、その日も地下鉄を乗り継いでようやく辿りついたユーストン駅からの列車は混んでいて、聞き慣れない言語の会話が飛び交い、決して居心地よくというわけではありませんでした。日本人ガイドと合うランカスターを乗り越してはいけないと、駅に着くたびに駅名とにらめっこ。でも車窓は素敵。市街地を離れるとすぐになだらかな牧草地帯が広がって、建物と空以外は全て均一の緑です。田植えが済んだばかりの水田の周りに木々の緑が連なる、日本のこの季節の沿線の景色とは全く違う緑の景色に眼を奪われました。広いな、大きいな、深いな、長閑だな、羊がかわいいな、感心しているうちに、ランカスター駅に着きました。

ワンボックスカーの相客は二組、理解できない言葉を話す若いアジア人らしいカップル、定年記念旅行らしい日本人カップルと私達。二人だけの旅に浸りたいカップル三組が小さな車に、それぞれの場所を陣取ってガイドの説明に聞き入ります。

水仙

谷を超え山を超えて空高く流れてゆく
白い一片の雲のように、
私は独り悄然としてさまよっていた。
すると、全く突如として、眼の前に花の群れが、黄金色に輝く夥しい水仙の群れが、
現れた。…………以下略

ウイリアム・ワーズワース（平井玉穂訳）

まず始めにワーズワースの詩の朗読、ここ湖水地方で生涯を過ごし、ここの自然を詩に書き続けた詩人です。次にピーターラビットのお話、リスのナトキンのお話、二匹のわるいねずみのお話、こねこのトムのお話、あひるのジマイマのお話、こぶたのロビンソンのお話、次から次へと動物たちのお話が続きます。その合間に湖や丘、そして散歩道や木々のお話、花のお話と続くので、今にも主人公の動物たちが飛び出してくるような気がするドライブで、相客と話をする時間もなく、お話の世界に浸りました。おっとりと静かな語

り口のガイドでした。

ピーターラビット。

今も世界中の子どもと大人に愛されているうさぎのキャラクター。縫いぐるみは勿論、タオルや食器、インテリアなどなど。図書券のデザインにも使われていましたね。生みの親はビアトリクス・ポター。子どもの頃学校に行かずに家庭教師による教育を受けて成長した彼女は、友達がいなかったので、自然の中で動物や植物と親しみました。一九〇二年にフレデリック・ウオーズ社から出版した最初の童話「ピーターラビットのおはなし」が一躍有名になり、以後絵本作家の道を歩くことになりました。彼女が描く動物たちは洋服を着て、二本足で歩いています。人間が愛玩する対象ではなく、人間と同じ行動をしています。活躍の場は湖と緑に囲まれた土地、ポターがロンドンから度々来ては長く滞在したこの土地です。湖水地方と呼ばれ、今、観光客で賑わっています。私も、ここへ来るまでのイライラした気分やせかせかと忙しかった日々からすっかり解放されて、緑の中で深呼吸をすることができました。ぴょんぴょんと飛び跳ねたい気分にもなり、イギリス人が好むと聞いている田園生活の気分とはこのようなことかなあと思いました。

翌日もドライブと湖のクルーズ。緑、森、湖。それらがいっぱい、沢山で、それだけの二日間。フォックスさんがオクセンフォルム駅まで送ってくれてツアーは終わりました。帰りは終点のユーストン駅まで、下車する駅は気にならないのですが、疲れて、だんまり、むっつり、居眠りの三点セットの二時間半でした。

この緑とこの環境は、一九〇五年、ポターが絵本の収入で購入したヒルトップ農場を皮切りに周辺の農場や屋敷を次々と買占め、湖と、なだらかな丘陵から成る広大な土地となったものです。今、ポターが育てた、ハードウイックという種類の羊が、悠々と遊んでいます。丸ごとナショナルトラストに寄付し、そのままに保たれています。これがイギリス最大の歴史遺産及び環境保全事業として知られるようになりました。

絵本作家らしく華奢で愛らしい容姿のベアトリクス・ポターと、ナショナルトラスト運動の大きさとが結び付かないまま帰国し、また、日々の暮らしに戻りました。森にも、緑にも湖にも緑のない、家と病院の往復です。そんな中で、毎日、環境、環境という言葉が耳に入ります。改めてイギリスのあの広大な緑の環境と、ポターの大きさに感心したのでした。

それからしばらく経ったある日のことです。

あれえ！　あの人も確かイギリス人だった、と思い出す人がありました。百年以上も前の明治十一年（一八七八年）に来日し、東北から北海道を旅したイザベラ・バード。教えてくださったのは木下良先生。高校の地理の先生です。古代道路研究で今治へ来られた時にお会いして、よもやま話をしている時でした。

『Unbeaten tracks in japan 日本奥地紀行』（高梨健吉訳）を開くと、バードの日本での足跡が正確に記録されています。アメリカ経由の船で横浜に上陸、六月から九月にかけて、日光から会津盆地を経て新潟へ、更に米沢、山形、横手、秋田、青森と日本海側を北上し、北海道へ、白老や平取ではアイヌ部落を訪ね、各地で人々の生活や文化を克明に記録して、イギリスにいる妹に送り続け、後に一冊の本に纏めて出版したのがこの本です。イザベラ・バードは四十七歳、横浜で雇った従者兼通訳の十九歳の男性一人を伴って、各地で馬を調達しながらの旅でした。人力車、僧侶、赤ん坊をおんぶしている娘さん、茶屋のおんな、石燈籠、夏冬の服装、鳥居、アイヌの家族、家の間取り、族長などなど、彼女の描いたスケッチもあります。何故日本の東北や北海道へ？と不思議に思いましたが、彼女は明快に著書の中で答えています。ヨーロッパの影響を受けていない地域を旅したい、と。明治の世になっても未だ欧風化の波が波及していない奥地の自然環境、生活、文化の中に飛び込み、貧しい暮らしの中で礼節を保ちつつ暮らしている日本人に感銘を受けています。女性が一人で旅しても危険ではない土地であるとも書いています。その一方で道路整備が相当遅れていることを指摘しています。後年彼女は英国地理学会会員になっています。

彼女が旅行家になった理由がまた私を驚かせました。幼少の頃背骨が悪く、ベッドに横になることが多かった彼女に医師が、長期旅行が体に良いと勧めたというのです。診察室で患者さんたちが私に予定や行動について相談してくると、大事をとって中止しましょう、などと消極的な発言ばかりしている自分を反省しました。木下先生が、私に一読を勧められた理由はここにあったのかもしれません。

二人のイギリス人女性に心を奪われていた日々に続いて、五月のある日のことです。あれえ、この方もイギリス人だった！

思わず膝をたたきました。

五月十二日、看護の日。そうです。身近に、フローレンス・ナイチンゲールがおられます。クリミヤ戦争の激戦地スクタリに赴いて傷病兵を看護しました。イギリス貴族の家に生まれ、文学、哲学、他諸々の高等教育を受け、いずれ社交界にデビューするといった人生が予定されていた彼女が、看護の道をゆくことは決して当たり前ではない人生の選択でした。スクタリでの看護の成果を統計結果として政府に報告したところ、成果が認められ、看護学校の創設に繋がりました。

教育にあたるべきナイチンゲールは、その頃には病みがちで、教壇には立たず著作に没頭しました。「看護覚え書」です。

従軍看護婦という過酷な仕事と、その後の病弱の日々の中から近代看護学が誕生しました。今日看護学校の教科書には、ナイチンゲールの生涯が詳しく書かれています。また、看護学生が臨床実習に出る前に行われる戴帽式では、一人一人ナイチンゲールの像の前に進み、灯火を分けて戴きます。

五月十二日、看護の日は彼女の誕生日。では亡くなったのは？　九十三才。八月十三日です。

今治看護専門学校に医師会の役職として関わっていた頃、一学期の終業式で私はよくこんなふうに話したものでした。

「休み中にお盆を迎えますね。私たちの国では、お盆には、ご先祖がそこにおられるように振る舞い、お話をします。貴方の心の中に、御先祖と一緒にナイチンゲールもお迎えしましょう。そうして生前のお姿を偲びましょう」

ビアトリクス・ポター
イザベラ・バード
フローレンス・ナイチンゲール

三人は共に一八〇〇年代に生まれ、一九〇〇年代前半まで生きて、いずれも並はずれたスケールの人生を送りました。幼いころの彼女たちの姿は、書物を通してしか知り得ませんが、後年の社会的活動を予見させる何かがあったとは思えません。

友達がいなかったポター、病弱だったバード、一般社会と関わりの少ない貴族の暮らしをしていたナイチンゲール。今の時代の大方の女性が幼時を過ごす環境や受ける教育とは大きく違っていたことも驚きです。キャリアウーマンという言葉も、そういう女性を育てる教育カリキュラムもなかったこの時代。女性が活躍したとは思っていなかった私の認識不足をすっかり吹き飛ばすようなでっかい人生を生きた女性がいたことを、旅をきっかけに改めて思い出したのでした。

雨の熊野路で出会ったのは？

京都駅八時四分発、くろしお三号は新大阪、天王寺を経て、和歌山、白浜へ、そうして紀伊半島をぐるっと一回りします。半島の突端、紀伊勝浦駅着は十二時十四分。四時間十分の列車の旅でした。これだけの時間があれば、四国今治から京都まで移動できるのにと思いながら窮屈な車内で飲んだり食べたり、寝たり覚めたり、脱いだり着たり、歩いたり座ったり、読んだり止めたり、目を開けたり閉じたり、何をしてもまだ着かないのです。窓外の景色が街から鄙に、野原から海岸に、畑から水際に、やがて奇岩が織りなす浜辺の景色にどんどん変わっていく座席に二人並んで座っているのだから、もっとおしゃべりをするかと思いきや、ほとんど黙っているのは、姉妹二人連れで、しかもお互い老年とあってはもうおしゃべりのネタも尽きているのです。

ゴールデンウイークの後半、姉が計画した一泊二日の列車の旅。行先は青岸渡寺、西国三十三所の一番札所です。一人でコツコツと札所巡りをしていた姉が、一番遠くにある青岸渡寺行きに私を誘いました。特に予定を立てていなかったので、私は大した考えもなく一緒に行くことにしました。四国に住む私が、八十八ヶ所巡りではなく西国三十三札所巡りをするのは変かな?と思ったのですが、子どもの頃から聞き慣れている西国三十三所なので、左程迷うこともありませんでした。

熊野路は殊の外道が悪く、天気も急に変わりやすいと聞いて、履き慣れたウオーキングシューズにリュックサック、水を弾く素材のジャケット、斜め掛けのバッグは小物入れで、更に帽子というういでたちに身を包みました。全て借り物で、色はバラバラで形も今一つ、しかも使い古しでよれよれです。今時の中高年婦人のファッショナブルなアウトドアウエアとは程遠く、思わず、

「昔の買い出しスタイル?」

二人で苦笑いをしました。

青岸渡寺は那智山の杉木立の中にあります。四百五十段の階段が参拝者を試すように連なっています。杖を頼りに登る人も多いのですが、姉と私は杖なしで黙々と歩きました。

上を見ると溜息が出るので、足元だけを一段一段確認するように。登り詰めたところに、

入母屋造柿葺きの本堂があります。ご本尊は如意輪観世音菩薩、柔らかな表情をしておられます。先ず拝観を終えてから外へ出て辺りを見回すと、山、また、山、緑、また、緑の中に那智大滝が白く光っています。

その夜は勝浦温泉に泊まりました。夕食は大食堂でのバイキング。勝浦港で水揚げされたマグロがどーんと並んでいますが、歩き疲れて食欲がなく、程々に済ませました。趣向を凝らした温泉が沢山ありましたが、手近なところに入って早々に布団に潜り込みました。

翌朝はどしゃぶり。熊野古道を少しは歩いてみたいと思っていたのですが諦めざるを得ず、タクシーで熊野本宮大社に向かいました。駅で拾ったタクシーの運転手は、走りながら案内をしようとしてくれるのですが、川沿いの一本道で、山と川、木々と水、緑、また、緑でさしたる変化とてなく、大雨で景色どころではなく、そのうちに案内を諦めて身の上話を始めました。長年勤めた歯科医院の技工士を退職して、タクシードライバーに転職したとか。介護の仕事かドライバーか迷った挙句に二種免許を取ったというので、介護の仕事は大変ですよ、と話しました。どことなくお気楽な話しぶりにカチンときたのです。私の勘は的中して、タクシー運転手になってまだ半年なのにちょっとした事故を二度も起こしたというのです。この土砂降りの中で事故でも起こされたらたまりません。遠距離客を拾って上機嫌で案内を始めたものの、状況に応じた話ができるほどには勉強をしていない様子で、運転歴が浅いのに妙に馴れ馴れしくて、いい感じがしない運転手です。でもこの雨、この深い山のなかでは、この運転手に頼る外なく、イライラしている間に何とか目的地に着きました。ここはもう新宮市です。

熊野本宮大社ではお参りもそこそこに交通安全のお守りステッカーを買いました。運転手に渡そうと思ったのです。まだ帰り道が残っているので神頼みといったところです。そのステッカー、「やたがらす」という名の鳥のデザインです。どこかで見たような気がするのですが思い出せません。思い出したくて、もどかしくて、頭を引っ掻き回しているうちに、今までのだらだらした気分が吹っ飛び、「やたがらす」の説明を求めて歩き回りました。

「やたがらす」は太陽の中に住む鳥で、熊野神社のお使いとされています。赤色で足は三本。神武天皇が建国のために熊野から大和に向かわれた時に、天照大神のお告げで道案内をしたという故事があります。ただし、こういう過去の故事とは別に現代社会でも大活躍をしていることがわかりました。日本サッカー協会のシンボルマークです。

「やたがらす」は、三本足のうちの一本でサッカーボールを抑えています。うわー素敵。ステッカーをもう一枚買い足しました。友人のサッカーファンにお土産にするつもりです。

テレビ観戦するだけでなく、海外での試合にも駆けつける熱狂的サポーターです。すっかりびしょ濡れになってしまいましたが、そんなことどうでもいいわ、といった気分です。

熊野詣でから一ヶ月。二〇一〇ＦＩＦＡワールドカップアジア最終予選。日本代表は、ウズベキスタンに勝って決勝進出を果たしました。続くカタール戦は今一つ精彩を欠いた試合運びで引き分け。過密な日程？　移動疲れ？　決勝進出を果たした安堵感？　岡田監督が前の試合で罰則を受けて指揮をとれなかった？　サッカー雀たちが分析に大童です。私は？といえば、スタジアムで観戦したことは一度もなく、専らテレビの前でワーワー言っているだけです。四十五分＋ロスタイムを休憩を入れて二回。この長丁場、いったんテレビの前に座ったら最後、決着がつくまでその場を離れられません。テレビに映る観客の数は四万とも五万ともいわれます。私と同様にテレビの前に座る観客と合わせると一体何万人がボールと選手を追いかけているのでしょうか？

走り回る日本代表選手のユニホームを見てください。上下共に「やたがらす」のエンブレムがデザインされています。黄色と黒で三本足。うち一本はしっかりとサッカーボールを掴んでいます。試合を勝利に導く守護神です。

日本サッカー協会は那智勝浦出身で日本に初めてサッカーを紹介した中村覚之助氏に敬

意を表してシンボルマークに「やたがらす」を採用しました。

明治十一年和歌山県那智町（現在の那智勝浦町）に生まれ、長じて東京師範学校に入学した中村覚之助氏は、在学中に米国の「アッソシエーション・フットボール」を翻訳してア式蹴球部（現在のサッカー）を作りました。卒業後清国で教職に就いたものの二十九歳の若さで没しています。中村覚之助氏の後輩で同大学の教授になった内野台嶺氏を中心とする人達が図案を考えたとのことです。

日本サッカー協会のシンボルマーク、日本代表のエンブレム、日本代表マスコット。共に「やたがらす」が頑張っています。

大した動機もなく、準備もせず、姉の後について出かけた熊野詣でだったのですが、思わぬ功徳でサッカー観戦が楽しくなりました。

それから五年、二〇一四FIFAワールドカップブラジル大会予選グループCの戦いで日本代表は一勝もできませんでした。

「やたがらす様お願い！　日本を強くして！」

もう一度熊野詣でに行きたくなりました。

案山子

その日、釜山博物館の広い前庭には両側の植込みに沿って等間隔で案山子が並んでいました。小学校高学年くらいの背丈で、藁を束ねて作った身体に思い思いの洋服を着ています。格子柄のシャツに短パンの子、サッカーシャツにパンツの子、ロゴマークTシャツと膝に穴のあいたジーンズの子もいます。ジーンズの破れからは膝小僧の代わりに藁が数本顔を出しています。メタボとは程遠いスリムな体にダブダヌの洋服を着ているので、わずかな風にも洋服が揺れて、その様子は控えめに小旗を振ってお迎えをしてくれているように見えます。何人並んでいるのかしら？

일、이、삼、사、오、육、칠、팔、구、십…えーと…十一、十二、…シプイル？…

一桁は何とかハングルが出てきましたが、その先はもういけません。考えると足が前に出ず、皆から遅れてしまいそうになるので、ハングルで数えることは諦めて先を急ごうとしました。

「ぼくもかぞえてよう」

「わたしもかぞえてよう」

案山子たちが叫んでいます。

「ごめんね」

つぶやきながら振り返ってみると、彼らは首にネームカードをぶらさげていました。案山子につけられた名前ではなく、作者の名前でしょうね。案山子コンクールが開かれているのでしょうか？　誰かに尋ねてみたいと思いますが、何しろ私のハングルといえば、先程の数字の他には、

「안녕하세요」（こんにちは）

「감사합니다」（ありがとう）

……………………

他、ほんの少々で、意味のある会話など全くできないのです。そのまま通り過ぎました。

突き当りの階段を上ったところに博物館の玄関があります。広い階段に小学生くらいの

子どもたちが幅いっぱいに座っています。見学に来て入場を待っている様子です。子どもたちの間を縫って階段をあがろうとすると、

「한국 사람?」（韓国人？）

と、声をかけられました。

しめしめ、これなら私の貧弱なボキャブラリーの中にあります。

「일본 사람이에요」（日本人です）

にっこり笑って答えました。握手を求めると一斉に手を出してくれました。かさかさの藁の手ではなく、ふっくらと温かい手を。後は無我夢中でさっとその場を離れて玄関に急ぎました。これ以上の会話はできないのですから、一寸でもその場に留まると、子どもたちが次に何を問いかけてくるかが怖かったのです。

館内では流暢な日本語を話せる学芸員から丁寧に説明を受けることができました。私達を招待してくださった方々の配慮です。招待して下さった方の中に博物館友の会の会員がいらっしゃるとのことです。旧石器時代から今日まで、この国の歴史を物語る数々の収蔵品が展示してあります。初めてこの国を訪れる私にとっては真っ先に必要な知識の宝庫でした。先程の子どもたちが、自国の歴史を勉強するような気分で陳列の品々に見入り、解

説に聴き入りました。

博物館を出て、もう一度案山子の皆さんと対面しました。館内で稲作の歴史についての展示がありましたが、日本に稲作が伝わった経路と考えられている国ですから、ここでも案山子が稲を守っているのだとわかりました。

九州の唐津で発掘された「菜畑遺跡」から縄文時代のものと考えられる水田遺跡と炭化米が発掘されたことは別の機会に知りました。この発掘から、縄文時代には日本で稲作が行われていたと考えられています。

そういえば近いですねえ。唐津と韓国。

博物館の門に向かって歩きながら、入り口に近い所に立っている案山子の衣装にふと目が止まりました。白無地のTシャツに二本の襷をかけています。一本は深いブルー、もう一本は金色。正装しているように見えます。

「あれ！　案山子が正装してる。歓迎セレモニーみたい。ほらほら」

思わず大きな声を出してしまいました。連れだって歩いておられた韓国の方がにっこり笑って頷いてくださいました。私の日本語を理解して頷いてくださったのではなく、私が指差した案山子の衣装を見て頷いてくださったのだと思います。

博物館を出て慶州に向かいました。車窓の景色は稲穂、稲穂。ところどころに刈り取った稲の束が束ねられていたり、積み上げられたりしています。柿がたわわに実っています。建物の様式などの違いはあるものの、ここでも「里の秋」が今盛りを迎えていました。

街　三題

一、グレート今治市

今治城のほとりで暮らして三十年を超えました。夫の故郷の街です。人口二十万に満たない小都市なのに、夫は「グレート今治市」と言って憚りませんでした。関西の大都市の周辺で生まれ育った私にとっては全く滑稽な話に思えましたが、いちいち反発する勇気も見識もないままに年月を過ごしました。

夫が亡くなった後も私は今治市で暮らしています。最近になってようやく夫が言っていた「グレート今治市」の意味が少しずつわかってきました。街の広さや人口、行政規模などの客観的データは勿論尺度にはなりますが、夫が言っていたのはそういう尺度ではなく、住んでいる人の心の中に占める街のイメージではないかということです。生まれ故郷であったり、幼い頃を過ごした土地であったり、仕事やその他で長く住み続けた土地であったりするのでしょう。住んでいる間に感じる安心感とでも言えましょうか。今治市に限らず、日本中、世界中のどこの土地であっても、自分にとってそれぞれの「グレート今治市」があるのでしょう。

四十年も前のことになりますが、私が今治に嫁ぐことになった時、父が言いました。

「今治はええとこやで。気候は温暖で大きな災害もない。きっと長生きできるで」

どういう根拠で父がそう言ったのか、単に遠くへ嫁ぐことになった娘への餞の言葉としてそう言ったのか、よくわからなかったので私は父に尋ねました。

それは、父が旅で得た確信でした。建築用材として、大理石の加工を仕事としていた父は、良質で美しい大理石が採掘できる場所を求めて若い頃に日本中のあちらこちらを旅したといいます。一人の旅人として訪ねる山や里の風情に、住み易さや住み難さを感じ取っていたというのです。勿論四国にも来たことがあったそうで、大島石や庵治石などにもこの地で出会ったといいます。一連の旅の終わりに、父は大分県で大理石を産出する山に出会い、採掘権を得て、その大理石を事業の主軸に据えました。大分への旅が定期的になった頃、今治では父の弟子が大理石加工業を始めており、航路の行き帰りに今治港に停泊する短い時間に再会を喜び合いました。

今治。

京都や奈良のような冬の底冷え、夏の蒸し暑さはなく、一年中気候は穏やかです。海沿いの街で魚が美味しいです。

でも、災害はありましたよ。芸予地震が。

震度五強の、その時、私は山陽新幹線に乗っていて今治での怖さは経験しませんでした。

市町村合併で、地図の上では更にグレートになった今治市。でも人口は増えていません。しまなみ海道が開通して、交通や人の流れも変わりました。父が頻繁に乗船した航路も今治港には立ち寄らなくなりました。百四十年の歴史の果てに。

「グレート今治市」の住み心地は?

言い出しっぺの亡夫に訊いてみました。

「関係なあーいよ」

そうです。彼は天国に転出してしまっているのです。

二、キーワードは、にっこり

年賀状を出す相手も私も毎年一歳ずつ年を重ねています。当たり前だ！

でも、私の年齢で年を重ねるのと、二十代、四十代で一歳年を重ねるのとでは年賀状の内容が全く違っています。これも当たり前だ！

「今年春には結婚します。先生披露宴に来てください」

うれしい年賀状をくれたのは洋君。スポーツ好きの女性と結婚することになりました。

さて、披露宴でのスピーチです。

新郎を語るキーワードは「にっこり」です。

話は彼が赤ん坊の頃に遡ります。

大病院で多くの先輩や同僚に囲まれて診療をしていた私が遠い地に来て、相談相手もまだ見つからず、不安の中で診療を始めたばかりでした。自分の未熟さの故に私はよく検査をしたものでした。ぽっちゃり、まるまる太った赤ん坊の採血はなかなか難しく、よく痛い目に合わせました。洋君もその一人です。ひとしきりワーッと泣きはしましたが、終わると決まってにっこりしてくれました。赤ん坊のあやしかたが上手な母親と看護師達がとりなしてくれたのでしょうが、それにしてもすぐに機嫌を直してくれる赤ん坊でした。

度々病院に来たとはいっても、それは赤ん坊が発育途上でかかる子どもの感染症であって重病ではなく、それが証拠に彼はたくましい青年に成長し、スポーツ選手になったのです。診る医者に力がなくて落ち着かず、より重症だと思っていたに過ぎません。度々診察の機会を与えてくれて、その都度良くなってくれて、しかもにっこりしてくれた洋君。お陰でこころなしか自信を持ちました。

こんな医者だったのに、三十年の月日が経って後、結婚式に招待してくれた洋君。こういうのを医者冥利というのでしょうか。

小さな街で育んだ大きな喜びです。

三、百歳まで

美容院に行ったときのことです。

その日は男性の美容師が私の頭を触ってくれました。太くて大きい指、大きな掌で力強く頭皮や肩のマッサージをしてくれました。いつもは奥さん美容師の華奢な手で触ってもらっているので何だか様子が違います。美容師もいつもは若いイケメン男性の頭を触っていることが多くて、サッカーの話やオートバイの話で盛り上がっているのに、今日は緊張しているように見えます。

「普段はかっこいい男性ばかりなのに勘が狂いませんか？」と、訊いてみました。

「ここに来るまでは大都会の真ん中のお店で、若い人が多かったけど、今はこういう場所に店を持っているので、お客さんは子どもからお年寄りまでいろんな方の髪を触らせて欲しいと思っています」

意外な答えでした。もっと突っ込んでみます。

「カリスマ美容師になりたくないのですか？」

「なりたくありません。僕はここでお客様が髪をさっぱりされて、気持ちよく毎日を過ごして頂くことが望みです」

またまた意外でした。野望ではなく、つつましい望み。街の中にひっそりと、しかし確実な存在感を醸し出しています。

街の中にひっそりと、と言えば私も同じです。

「人の住むところには病院が必要だ」

こう思いながらずっとここに居ます。

彼について言うと、「人の住むところには美容院が必要だ」と言うことになります。私と同じことを考えている美容師に出会って嬉しくなりました。

奥さん美容師はお産で休んでおられます。赤ちゃんが生まれたら初めての散髪をするのだと張り切っておられます。

「僕のお客さんはね、〇歳から百歳までおられます」。彼がこういって自慢する日も近いですね。彼が頭を触った最高齢者は九十七歳のおばあちゃまだそうで、「疲れさせないよう、如何に手早くパーマをかけるかを考えるのです」。

そのおばあちゃまは私の患者さんです。いつもこざっぱりとしておられます。

小児科医から出発した私ですが、何時の間にか大人も診るようになり、お年寄りも診るようになり、今では一番多く診るのはお年寄りです。最高年齢は百四歳です。

「私の患者さんはね、〇歳から百四歳までおられるのよ」

自慢というほどでもない自慢をしています。医療職だからこそこんなに幅広い年齢層の方と一対一で向き合うのだと思っていましたが、美容師も同じ経験をしておられるのですね。美容院と病院、名前の響きも似ていて、小さな街にそれぞれの場所を得ています。そして、時々鋏と聴診器の話声が通りに漏れています。

II

行先は看護専門学校です

診察時間中なのに、時々診察室を抜け出して居なくなる紀子先生。ある日のことです。診察室を出たところで私の白衣の袖を引っ張る子どもがいました。亮くんです。

「ノイコシェンシェ、ドコイクン？」

「医師会の用事に行くんよ」

「イシカイイッテナーン？」

無邪気な質問ですが、答えるには難しくて困ってしまいました。待合室の患者さん達の視線が気になります。この子に医師会の説明をしてもわかってもらえないだろうと思って、

「看護学校に行くんよ」

「カンゴガッコウウッテナーン？」

また次の質問です。やれやれ。

「ホラ、看護師さん。亮君も知ってるでしょ。ヨコヤマさん、ヤノさん、ユイタさん、ミスズちゃん」

「シッテルヨ、ミスズチャンダイスキ」

「そうでしょ。ミスズチャンがかんごしさんになるおべんきょうをしたガッコよ」

「ウン。ワカル。ノイコシェンシェ、イッテラッシヤイ」

ようやく解放されました。

行先は看護専門学校です。この日の用件は学生の面接です。最近学習に熱が入らない学生が居るので担当理事の面接を受けさせたいという連絡を受けて出かけることになりました。他にも学校行事に出席したり、進級や卒業についての判定会議、入学試験の面接、運営についての会議、など何かと用事が入ります。教務職員が相談事を持って訪ねてこられることもあります。電話やＦＡＸが入ることもあり、いつも看護専門学校の事が頭にある感じです。

医師会の役職で看護専門学校担当理事になった頃、「タントウリジってなーん?」。亮君と同じような質問をしたり、先輩のなさることを真似たり、ただウロウロしていたように思います。そのうちに少しずつ仕事が見えてきました。担当している各課程の教務職員と連絡をとりあう中で、医師会員の思いを学校に伝え、また、学校で起こる諸問題に対して、教務職員と共に向き合い、解決を図るといった役どころでしょうか。

診療所や病院だけでなく、介護事業所にも、行政や教育現場にも、看護師が働く場所は年々増える一方です。看護学校で学んだ後、検定試験や国家試験を受けて資格を得ます。医師会立看護学校は各地の医師会が設立や運営に関わっている専門学校です。地域の医療機関で働きながら学業が続けられるよう、学生が所属している医療機関では勤務時間などに便宜を図っているのですが、近年学生が学ばなければならない内容が膨大になりつつあり、仕事と学業の両立が難しく、医療機関に所属しない学生が増えつつあります。それでも医師会や教務職員の努力により何とか維持されています。医師会員たちは診療の合間を縫って講義にでかけ、折々の学校行事に参加し、また、自分の医療機関を整えて看護実習の場として提供したりもしています。その為の時間や準備、指導や助言など、苦労はつきものとはいえ、一方では自分たちの診療のパートナーが育っていく過程を目の当たりにする楽しみも味わっています。看護分野の指導者としては、看護師としての経験に加え、教育者としての研修を受けた教務職員は勿論のこと、一般教養を担当する教員もいます。多くの学生たちと、医師会員や教育担当者が出たり入ったりして、賑やかな日々を重ねています。

両親の郷里沖縄から、遠縁にあたる高校生が、今治の私の病院で働きながら看護専門学校に通いたいという希望を伝えてきました。そんな遠方から志願者を受け付けたことがないので果たしてうまくいくかどうかわからず、悩んだのですが、病院の関係者で相談して、思い切って受け入れてみようということになりました。就職のための面接は、私が沖縄へ出かけて行い、後日、看護専門学校の入学試験を受ける時に今治に来させることにして、私が沖縄へ出かけたのは十月も終わりに近い頃でした。出かける時は冷え冷えとしていたのに、沖縄に行くと夏。行先は沖縄県国頭郡今帰仁村《くにがみぐんなきじんそん》。ヤンバルクイナの生息地です、美ら海水族館の近く、といった方がわかり易いでしょうか。村の高等学校を訪れ、進路部で会った高校生二人は小学生のようにかわいい娘さんでした。親元を遠く離れて、今治で何年間も仕事と学業の両立ができるだろうかという思いに駆られ、採用を中止して引き返したくなりました。けれども彼女たちの決意を聞き、保護者にも会っているうちに引き返すことはできないと感じました。

受験は十二月。松山空港まで迎えに行こうと考えましたが、待てよ、ここから彼女たちの自立がある、心を鬼にして、迎えるのはＪＲ今治駅で、と決めました。今帰仁村から今治の私の病院までの道順と交通機関を手紙と電話で説明してから当日の行動を打ち合わせました。那覇空港を出発する時、松山空港に着いた時、バスでJR松山駅に着いた時、今治行きの電車に乗る時に、私の病院に電話をかけてくることを約束させて、さて、当日、電話がかかる度に三人一緒に旅をしている気分でいるうちに二人は元気でやってきました。

こちらの寒さに慣れていないだろうと、やれ靴下だ、やれセーターだと騒ぐ私を尻目に、二人は口では寒い寒いと言いながらも元気でかぜもひかずに試験を受けました。面接で、「どうして沖縄から今治まで来ることになったのですか?」と訊かれて、「おばさんがいるから」。ケロッとした表情で答えたそうで、「えらいこっちゃ」。

合格したら長く付き合うことになるという心配で頭がいっぱいになりました。

無事合格して、いよいよ三月も末になりました。今回は松山空港に出迎えました。沢山の荷物を車のトランクに載せて後部座席に並んで座ると、走り始めて間もなく二人は眠ってしまいました。愛媛の景色を食い入るように眺めるだろうと想像していた私は呆気にとられてしまいました。一体これからどうやって付き合ったらよいかわからなくなったのです。私の家に着くと二人は道中の話をすることもなく荷物を解き始めました。高校の卒業式以来毎日毎晩友達と遊んで別れを惜しんだといいます。当分沖縄へは帰れないのだからという彼女達の気持ちはよくわかったので、とにかく寝かせるのが先決と、食事の後はベッドに直行させせました。ぐっすり眠って翌朝からは通学に使う自転車を買いに行ったり、郵便局やコンビニの場所を教えたり、学校まで自転車で三人一緒に走ったりしました。

この時期、私は二人に海を見せようと思いました。これからの数年間に彼女たちはきっと海を見たくなるだろうと思ったのです。沖縄の海とは違っても、海さえ見れば多少は心が落ち着くだろうと考えたのです。でも連れて行ってみても二人は左程関心を示しませんでした。それよりも、コンビニや若者向けの衣料品のチェーン店が今治にもあると言って喜びました。何から何まで私の想像を覆す子どもたちでした。

次の年も、一年置いて次の年も先輩を頼って女子高生たちがやってきて結局六人になりました。私の病院の寮から学校に通って、二人は准看護師に、四人は更に二年頑張って、看護師になりました。資格を得て直に沖縄へ帰った者、関西の病院に就職した者、こちらに残った者、それぞれの道に進んで、今では私の病院には一人もおりません。

終わってみると何ということもなかったような、彼女達の看護専門学校通いでしたが、忘れられないこともありました。一番つらかったのは帰省のための飛行機の切符が手に入りにくいことでした。働きながら学んでいる彼女たちの休みは年末年始とお盆の数日間に限られています。帰りたい一心の彼女たちの希望をなんとかしてやりたくて、思い余って航空会社の松山支店長に手紙を書いたこともあります。出発日ぎりぎりになってようやく手に入ることになった航空券を松山市内の旅行会社に受け取りに出かけたこともありました。十年余に及んだ沖縄の子ども達との関わりの中で、私は、両親から聞かされた沖縄の歴史や社会事情の中で接していたウチナンチュ（沖縄人）と、若い世代のウチナンチュとの違いの一端を知ることになりました。沖縄は日本であって日本でないと感じざるを得ない局面を味わった世代と、日本だと確信できる世代の違いであったように思います。本土に対して何の違和感もなく、のびのびと胸を張って生きる彼女たちの姿に安堵を抱き、私自身ものびのびとした気分になりました。沖縄にも看護学校はありますが、数は少なく、決して広き門ではありません。思い切って今治まで、「行き先は看護専門学校です」と、決心してやってきた若者たちが、私の先入観を解き放ってくれたように思います。

彼女たちが居なくなってからの一時期、私は三線で沖縄民謡を習いました。彼女たちが歌っていたわけではないのに、身辺に沖縄を感じたくなったのだと思います。やがて、大阪で発表会の端に加えてもらった時、結婚を前提にお付き合いしている彼と一緒に聞きに来てくれた子がいました。思わぬ再会を喜んだのは言うまでもありません。また、今、沖縄に行くと、看護師として生き生きと働いている彼女たちに会えます。彼女たちが勤めている沖縄の病院に私の姉が入院し、親身な世話をしてもらっています。身に余る喜びです。

看護専門学校の受験生と言えば、昔はほとんどが若い女性で男性は少数に限られていましたが、今は男性も沢山居ます。彼らの卒業後の進路としては以前なら精神科が多かったのですが、今ではいろいろの診療科で活躍しています。脳血管障害や整形外科の患者さんなど、身体が動きにくい方が多い私の病院では殊の外心強い存在です。

「行き先は看護専門学校です」

自らの意志を表明した時、彼らは自分達の進路に待ち受けていることをどれだけ理解していたでしょうか？　学校で、職場で、少数故に味わう困難を。男子用トイレが少なかったり、産科の実習がやりにくかったり、また、現場に出てからは、看護師は女性だと思い込んでいる世代の患者さん達から、「看護婦さんと替わってちょうだい」と言って拒否されたこともあったようです。

三十年以上前、私が患者さんから「なんじゃあ、おなごの医者かあ！」といって拒否されたのと同じことです。

看護学生がナイチンゲール像の前でナースキャップを頂くセレモニーがあります。今治看護専門学校での戴帽式に出席する時、女子学生のそれとは違う、丸型で頭をすっぽり覆う形のナースキャップを受け取って、ナイチンゲールの像の前に進む男子学生を見守りながら、私はいつも自分が若かった頃に味わった居心地の悪さを思い出します。少数派故の同じような現実を乗り越えていつの間にか彼らはすっかり医療や介護の現場に定着してきました。そういう時代の職場に一緒に身を置いている、今、という時を嬉しく思います。

ばあちゃん　またくるけんね

診察を終えた子どもが、「ばあちゃん、またくるけんね」と言って出て行きました。

へえ、ばあちゃんてだれのこと？　一瞬考えて私のことだとわかってびっくり。診察室でばあちゃんと言われたのはその時初めてだったのです。子どもって正直ですねえ。白衣の中身をちゃんと見抜いて口にするのですから。

子どもたちから、お姉ちゃんと言ってもらった駆け出し医師時代を経て、その後は長く、おばちゃんといわれてきました。

「先生って言いなさい」

母親がたしなめることが何度もありました。

更に時を経て、いつの間にか、ばあちゃんと呼ばれることに慣れている私になりました。

ばあちゃんのいない家に育ったので、私は、お盆もお正月も、夏休みも冬休みも、出かける所といえば姉妹で計画する旅先でした。信州であったり、山陰であったり、それはそれで楽しかったのですが、「ばあちゃんまたくるね」と言って再会を約束する相手のある友達をうらやましく思ったことがありました。一緒にいる時間は短くても、うれしいこと、悲しいこと、話を聴いてもらえるばあちゃんやじいちゃんは、親と同様に大切な人ですね。

ばあちゃんになって診察室にいる私がまんざら嫌いという訳ではありません。けれども、入って来られる方も、ばあちゃんが多くなったのです。ばあちゃんとばあちゃんが向かい合っています。

「また来るけんね」

子どもたちはただ、気楽に、会う、と言うニュアンスで口にするのですが、年を重ねた人が言われると、病院にまた来るって、やっぱり何時までもよくならないから？　と思ってしまいがちなのです。重い意味に感じて、何やら深刻です。子どもの台詞とは違いますねえ。

お餅沢山

「お餅いくつ食べた？」

「三つ」

「私は二つ」

年が明けると待合室ではこんな会話が交わされます。

「餅ぎょうさん食うたけんな、腹が張らい」

「またやったんですか。普段から胃が悪いのに。消化剤出しとくけどそこそこにしてくださいよ」

「先生、今日の血糖値なんぼでぇ。正月からこっち毎日お餅食べよんよ」

「もうほんとに！　折角年末はようなってたのに。二百九十ですよ」

診察室でもこの調子。お餅の話で持ちきりです。

私もお餅は大好きです。お雑煮、餅入り寄せ鍋、おでんには餅入り巾着、力うどん、安倍川餅、ぜんざい……と、お餅を食べ続けました。弾みがついて次から次へと。

一月末になって体重計にのってびっくり。

一・五キロも太っていたのです。鏡を見て改めてびっくり、お餅のようにまあるい顔になっています。

寒さがピークの頃でも、一日中暖房の効いている病院で仕事をしているので、帰ると家は余計に寒いです。夫の声がしない家は一層寒く感じます。あったかいお餅食べて元気出そうっと、自分に言い聞かせて気合を入れます。お餅って力がでますよね。

棟上げの時にお餅をばらまく風習。子どもの頃、遠くまで拾いに行きました。

餅代と言えば、お正月を迎えるための資金。

餅は餅屋。プロのこと。頼もしい存在です。

餅花、冬の風情です。お餅も団子も一緒に柳の枝にぶら下げましょう。外は寒くても家の中は賑やかで楽しいですね
ところでお年を召した方にお餅は要注意です。喉に詰まらせると危険です。救急車が出動したとか、掃除機のホースで吸い出したとか、お餅に纏わる記事がマスコミによく登場

するのも冬場ですね。病院ではお餅の代用品をあれこれ考えます。マッシュにしたじゃがいもに片栗粉を入れて、小さく一口大に丸めて使ったこともありました。オーブンでちょっと焼いてから使うといい雰囲気になりました。ただ、口の中でばらばらになりやすく、お餅らしい食感に欠けるので、手毬麩（生麩）を使ったりもしましたが、それも使えない患者さんたちも沢山おられます。最近は嚥下困難に対応する食材や調理法が沢山出てきて、助かっています。

病院でお餅の話が遠のいて、家のお餅もなくなる頃、窓から春の日差しが、こんにちは、と中を覗き込むようになります。

テニスコートの猫

田んぼの真中にたった一面だけテニスコートがあります。ここで開かれるナイターテニススクールに通い始めた頃のことです。いつも八人程度の生徒が集まるのですがその夜は私一人でした。メンバーの高校生達がテスト期間中で来られないのに加えて、お母さん達は勉強中の子どもを置いてでてくるわけにはいかないとか、他にも具合の悪い人もあったようです。六十歳に近い生徒の私に、インストラクター二人。二十代と四十代の男性で、準備体操を終えると、

「今日は特別プライベートレッスンですよ」

コーチが言われました。

いったいどんなことになるんやろか、私は不安な気持ちになりました。

コーチが交代でどんどん球を打ってこられます。私の方は連続ですからきついことさつ

いこと。真冬だというのに暑くてたまりません。ウインドブレーカーを脱ぎ、ベストを脱いで頑張りました。フォーム、フットワーク、打点、視線、力を入れる所と抜くところ、次々指摘され、更にどんどん球が飛んできます。

うわー、しんどいわ、もうかなわんわ、誰か来て。思わず叫んで座り込んでしまいました。その時です。猫が迷い込んできました。よく太っていて、毛並が美しく、視線がおだやかなところを見ると野良猫ではなさそうです。ネットにじゃれ付いて遊び始めました。

「あんたもラケット持って出ておいで」

コーチが猫を抱き上げてコートの外に連れ出しました。この間練習は中断。猫ちゃん、ありがとう。思わずつぶやきました。

また練習が再開されました。一層きびしいです。

何分経ったでしょうか、私が音を上げそうになった頃、先ほどの猫がまたやってきました。

「なんやお前、ラケット持ってきたんか」

コーチが苦笑いしておられます。前足に枯葉がべっとりと張り付いていて。ラケットを持っているように見えるのです。

今度はコーチも猫を連れ出そうとはされません。猫は私たちと離れたところでぐるっと回転してみたり、寝転がってみたり、毛をなめてみたりして好きなように遊びます。邪魔にならないように心得ています。ボールが猫に当らないようにコーチも気を遣われます。夜の田んぼで、そこだけ明るいテニスコート。猫も仲間が欲しかったのでしょうか。それにしても賢い猫ですねえ。助けてもらって無事にレッスンが終わりました。

猫ってやつはしょうがない生き物だ。なんにもせんとごろごろしてるだけなんやから。長い間ずーっとこう思っていたのですが、その夜の一件以来考えが変わりました。猫がいるとその場の空気がなごむのです。

「小松さん、ええ年して何がんばってますねん。一緒にあそびましょ」

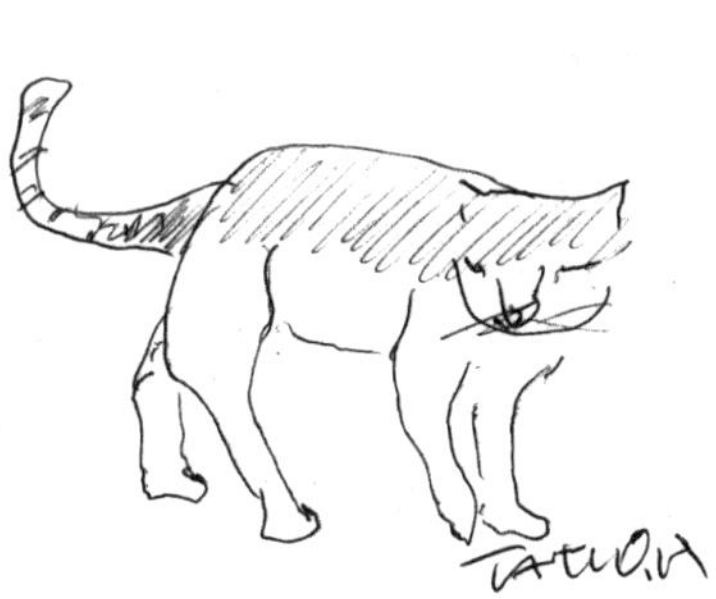

暇医者のすることと言えば……

所属している婦人団体の中四国大会が今治で開催されました。全国組織のボランティアのクラブで、毎年一回持ち回りで大会が開かれます。一三〇〇余名が今治に集まりました。迎えた二日間、私に与えられた役割は体の不調を訴える参加者の為に医務室を運営することでした。

一日目、何しろ参加者の年齢層が高いので、病気やけがの方が多いのではないかしらと緊張していたのですが、幸いに暇で、「薬呑みたいのでお水くれませんか」、「ちょっと荷物置かせてください」、「下着ゆるめさせてください。頑張って着てきたけどきつくて……」、「すみません、しばらく場所貸してください」、二人連れで入って来て按摩をし合う方、といった具合で私の出番はありません。

退屈なので隣のインフォメーションデスクに顔を出してみました。結構人がいます。

「トイレはどこでしょうか」

「あ、そこ、です」

指差して案内します。

「お土産物コーナーはどちらでしょうか」

「あ、そこです」

指差したものの、立看板はあるけれど白い布のかかった長テーブルがあるだけで商品はなく、人もいません。

「どうしたんでしょうねえ、ちょっと待ってくださいね」

あわてて関係者を捜して訊いてみると、予定量を完売して早々と店じまいしたというのです。事情を話して不承不承納得してもらいます。

「コーヒーはどちらでいただけますか」

「あ、そこです」

前の建物を指差します。

いきなり質問攻めにあった私は、適当な言葉を口にすることもなく、あ、そこ、そこです、を連発してその場をやり過ごしました。難問は逃げたけど、まあそこそこ働いたんですよ。

二日目。分科会の受付で、次々とクラブ名を名乗られる参加者に、県別に並べてある中からクラブ名と参加人数を照合して資料を渡します。

「防府クラブです」。山口県。

「出雲クラブです」。島根県。

先ずは無難に見つけました。

「新見クラブです」「あった！　岡山県や」

「幡多クラブです」「ハタとわかりません」

「あら、駄洒落ですか？」

目の前でにっこりとされる参加者。

「とんでもないです。駄洒落なんか言う余裕ないです。教えてください。何県ですか」

「広島県です」

渡された県別リストが恨めしく、「アイウエオ順やったらええのに」というと、「あのね、分科会の委員長はね、九十もあるクラブの県別をちゃんと把握しておられるのですよ。もう七十過ぎの方だけど」。

側におられた他のクラブの方にピシャリといわれて、私は顔が赤くなりました。

医務室は二日間開店休業状態でした。終了後、

「ここやったら活躍できたのに」

部屋の前でしょんぼり。

でも、よく考えるとこれでよかったのです。医務室が忙しいようでは大会は混乱します。

暇医者でぶらぶらしているのが望ましい状態なのです。

所在無さから不得手な仕事に首をつっ込んで失敗を重ねた私。

頭の隅にひっかかっていた受付のあの方の顔がもう一度

鮮やかになったのですが、クラブ名もお名前も

ハタと忘れてしまっているのでした。

フラッシュレッド

「紀子先生、次はこんな車どうですか？」

夏の終わりに友人がミニチュアカーを持ってきてくれました。フォルクスワーゲンポロ、真っ赤です。フラッシュレッドという色だそうです。いいですねえ。元気がでますねえ。心が動きました。

それからは、外に出ると車が気になります。走っています。赤い車が元気よく。

私、街や村で見かける赤い色が好きなのです。

例えば、ポスト。どこにでもありますねえ。

郵便物をしっかり預かってくれます。取り出した郵便物を運ぶ赤い車。

それから、ちょうど今が盛りのひがんばな。

「赤い花なら曼珠沙華、オランダ屋敷に雨が降る……」

どなたの歌だったでしょうかねえ？

思い出す歌がちょっと古いんじゃないでしょうかねえ、紀子先生。それに、この花、嫌う人もあるのでは？　でも、この花を見る者は悪業を離れることができるとも言われているのでは？

秋が深まると紅葉、そうしているうちにポインセチアにシクラメン。クリスマスイルミネーションの赤、椿や千両の赤、寒くなるにつれて赤が増えますねえ。

思い立って週末に試乗してみることにしました。場所は松山。空港近くの外車販売店。勧めてくれた友人も同行してくださいました。

賑わっています。でもちょっと待って！　若い人が多いですねえ。皆颯爽としています。

「今、他の方が試乗しておられます。しばらくお待ちください」

待つこと暫し。車が帰ってきました。

「お待たせしました。どうぞ」

真っ青の車です。

若い販売員に促されて乗り込みました。

ところが、やはり外車ですねえ。方向指示器とワイパーの位置が、今私が乗っている車とは左右が反対なのです。交通量の多い所なので、こわごわ、そろそろ空港近くまで運転して販売店に戻りました。

もう真っ青。

「そのうち慣れますよ」

友人も販売員も言ってくれたのですが、どうも自信がありません。その夜、交差点で方向指示器を出し間違えてあわや事故になる夢を見て真っ青になりました。

教習所に通ったのは四十九歳でした。その頃、今よりは余程若かった筈なのに指導員泣かせでした。途中でオートマ専用免許制度が発足したのでそちらに乗り換えてようやく運転免許証を手にすることができました。その間、四ヶ月、赤恥ばかりかいていました。更年期障害でホットフラッシュが出ているのだと当時は言いふらしていましたが……。

外車は諦めました。赤という色も。赤い車に下手糞な運転は似合わないと思ったのです。颯爽と走ってこその赤い車だとも。

買い換えた車はシルバーグレーの国産車。運転方法は前と同じ。落ち着くところに落ち着いたという感じです。でも、フラッシュレッドの外車には今も憧れています。せめて赤い洋服でも着ることにしましょうか。

ホットフラッシュから遠のいたシルバーエイジ。老いの下り坂を運転します。アクセルは程々に、時々赤ランプでフラッシュバックさせながらゆるゆると下って行きましょう。

椿

年末のある日、茶会の裏方のお手伝いをしました。会場は、紅葉がまだ残っている庭園に続く大広間。一隅に炉が設えてあります。茶器や掛け軸やその他もろもろの設えの由緒は詳しくは理解できません。花は椿。私はお水屋の片隅で指図通りに抹茶椀を暖めたり、釜の湯を注いだりする役割です。茶席の様子は、時々聞こえる歓談の様子で伺い知るだけ。でも、たったそれだけでも、茶道の心得がない私はこちこちに緊張していました。

朝から何席もお客様が入れ替わって、午後三時頃、ようやく最後のお席となりました。裏方の私達も緋毛氈に座らせていただき、お点前を拝見しながら抹茶をいただけることになりました。でも、朝からずっと同じ姿勢でいたので、足腰が痛く、頸は凝って、頭はぼんやりしています。折角座らせていただいたのに、今一つお茶席を味わうことができませんでした。

一息ついたところで後片付けです。稽古を続けておられる方や心得のある方たちは、ここでもテキパキと動かれますが、私は、指示されるままにあっちへちょこちょこ、こっちへちょろちょろ、邪魔ばかりしています。それでも会場はいつの間にかきれいに片付きました。帰り際に、先生が私にご褒美をくださいました。今日のお茶席のために用意してきておられた予備の椿の一輪を、「よくがんばりましたね」とのお言葉と共に。

淡いピンクの椿です。西王母という名も教えてくださいました。それから数日間、我が家の玄関で、椿は、あたふた、どたばたと出入りする私をふんわりと包んでくれました。

「椿にもいろいろあったたっけ」

亡夫の書架に椿の本があったことを思い出して、探すと早速見つかりました。

『伊予路の椿守り—愛媛の秀花—』

昭和六十年、伊予つばき同好会と愛媛新聞社文化部の共同編集で出版された本です。

「えーっと、ピンク、ピンク」

ページを捲ると、愛媛の人気品種コーナーに西王母が収載されていました。

茶会の疲れが取れた頃には年末の雑事が押し寄せてきて、後はいつもの年越し。

年初めの寒さは一層厳しく、人も木も身を縮めてひたすら冬籠りの態勢です。

そんなある日、ふと庭に目をやると、あのピンクの椿が咲いているではありませんか。

「西王母？　どうしてここに？」

何年か前に庭木の一部を入れ替えたことを思い出しました。その時の若木が育って、今年になって花を咲かせたのでした。

それにしても、西王母だったとは！　茶会に行って良かった！　行っていなければ、我が家に咲く花の名を知ることもなかったでしょう。

ひとつ、ふたつ、みっつ、よっつ。

今年はこれでおしまい。

やがて、伊予豆彦神社のお祭り。その名は、椿さん。伊予路の春がやってきました。

どすん

日曜当番をしていたある日のことです。

赤ちゃんを抱いたお母さんが診察室に走り込んできました。おばあちゃんも一緒です。

「先生、赤ちゃんがベッドから落ちたんです」

「どんな具合？」

お母さんの腕の中を覗き込むと、赤ちゃんはニコニコしています。握ったちっちゃな手を、かわりばんこに口の中に入れています。顔色はピンク。少し上気してほっぺたが赤いのは、お母さんが全速力で走ってきたからでしょうか？　具合が悪そうには見えません。

赤ちゃんをベッドに寝かせてお母さんの話を聴くことにしました。

「先生、赤ちゃんベッドに柵をしてなかったんです。まだ二ヶ月にならん子なんで一寸の間やから思うてうっかりして。横で私昼寝してしもたんです。そしたらお腹にどすんと落ちて来たんです」

「私がついていながらこんなことになってしもうて。どうでしょうか」と、おばあちゃん。

心配している大人を他所に、赤ちゃんは相変わらずご機嫌良さそうです。一通り診察しましたがどこにも問題はなさそうです。診た通りを二人に話しましたが、やはり心配そうな表情が消えません。そこで、大人四人でしばらく赤ちゃんを観察することにしました。お母さん、おばあちゃん、看護師と私が診察ベッドを取り囲みました。

赤ちゃんは益々上機嫌です。手も足も活発に動かします。そうしてお尻も。その度に体の位置が微妙にずれるのです。

「あれえ、動いてる」

お母さんが素っ頓狂な声を出しました。もう説明は不要です。

「ちゃんと柵をしましょうね」

帰り際のお母さんに声をかけました。

「せんせ、この子私のお腹に落ちたんです。クッションが良かったんですね」

その時初めて気がついたのですが、胸もお腹も見るからにふくよかなおかあさんでした。

別の日の夕方のことです。入院患者さんが居なくなりました。患者さん達を食堂に誘導していた介護人が気づいたのです。八十歳を超えているおじいさんで、日頃は手すりに掴まったり、車椅子で移動しておられる方ですから、そう遠くへ行かれたとは思えません。皆で手分けして、院内や病院周辺を捜したのですが、見つからないままにとっぷりと日が暮れました。探し疲れて、皆がぼんやり坐っているときに電話が鳴りました。

「港の切符売り場です。おじいさんが前に座っておられるので行き先を訊いても、島、としか言われないのです。お名前を訊いても、はっきりとは言われないで、只、ミ、ス、ガと言われるのです。美須賀病院かも知れないと思ってお電話したんですが……」

「ありがとうございます。迎えに行きます」

「黙って出たらいけんよ。どうしたん？」

「帰ろう思うたんよ。誰っちゃ迎えに来てくれんけん」

おじいさんは疲れ切った表情で言いました。

必死で港まで辿りついたものの、帰るところもわからず、お金も持っていなかったのです。全身の力を振り絞って想いを遂げようとしたのでしょうに。

おじいさんが何故出て行ったのか、スタッフで話し合ってみました。そして、日頃から家へ帰りたいと何度も言っていたのに、家へは帰れないという説明を繰り返すだけで、おじいさんの気持ちを本気で取り上げていなかったことに気がつきました。

家に何か取りに帰りたかったのかもしれません。

やり残した用事があったのかもしれません。

家族の気持ちを確かめたかったのでしょうか？　もっと頻繁に家族に連絡をして、おじいさんの気持ちを伝えてあげて、外出や外泊の機会を促していたらこんなことになっていなかったかもしれないと強く反省しました。

生まれたばかりの赤ちゃんも、遠くまでは行ける筈はないと思っていたお年寄りも、生きていれば、動くもの。身体が自然に動くこともあれば、止むにやまれぬ心の動きが、動かない体を動かすこともあるのです。

時として、激しく。

時として、遠くまで。

こんな当たり前で大切なことを、もう一度教えてくれたのは、言葉上手の存在ではなく、それとは程遠い、赤ん坊と、お年寄りでした。

千の風になって

紅白も変わってしもうたねえ。知らん歌ばっかりやわ。ぶつぶつ独り言を言いながら、大晦日のその時間になるとテレビの前に座ってしまう私。予想通り馴染みのない歌ばかり。それでも、他のチャンネルに変える気になれなくて結局ずるずると見て、なんとなく年越し気分に浸っている私です。舞台は年々派手になっていくばかり。歌手以外の登場人物も増え、派手なパフォーマンスを繰り広げます。テレビに向かって言いたくなります。

私は、歌が聴きたいのよ！

中盤になりました。

私のお墓の前で　泣かないでください
そこにわたしはいません

……中略
千の風に　千の風になって
……以下略

日本語詞・作曲　新井満

広い舞台にたった一人、ダークスーツの秋川雅史さんが歌います。たっぷりと聞かせてくれます。この歌、知っていた訳ではないのですが、前から知っていたような気分になって、いつの間にか立ち上がって一緒に大きな声で歌いました。口をパクパクさせているだけなのですが、歌った気分になりました。

年が明けて一月末。父の三回忌です。父の名前は仙一。ふと思いつきました。そうだ！法事に集まる皆にあの歌を聞かせてあげよう。仙の風になって皆を守ってくれるのだから。その日、ＣＤとプレーヤー、歌詞カードを揃えて，読経の終わるのを待ちました。

その時です。お坊さんが話し始められました。

「皆さん、紅白見られましたか？　千の風になって、良かったですねえ。あの歌、仙一さんのこと言うてはるみたいですねえ。仙一さん、今日から風になって皆さんを守らはりまっせ。安心してお暮らしやす」

「お株、取られてしもた」。心の中でぶつぶつ。

それでも、気を取り直して言いました。

「その歌、用意しています。皆さん一緒に歌いましょう」

プレーヤーに合わせて私は大きな声で歌い始めました。そのうち皆も口をパクパク。やがてプレーヤーの音をかき消す位に大きな歌声になりました。

でも、見渡すと、中には声が出ていない人もあります。七十代後半の男性です。

「僕ら、音楽教育いうたらB29の音を聞き分ける訓練しか受けてへん」

そんな時代があったのですねえ。高校でいい歌を沢山習った私たちの前の時代に。

音楽の話をきっかけに、昔語り、近況報告、味自慢、腕自慢、お国自慢、知恵比べ、等々、千の話題で賑やかに法事は終わりました。

春風が体に優しく感じられる頃、千の風になって、を、誰かと歌いたくなりました。今度はギターの弾き語りが上手な看護師に話をもちかけてみました。

「お墓に居ないなんて、僕はそんなこと信じません。同時多発テロの現場で歌ったんでしょう、この歌。あそこでは遺体が見つからんかったでしょうが……」

「そやけど、日本には昔から自然の中に霊の存在を感じる風土があると思わへん？　山がご神体いうとことか、台所のおくどさんに火の神さんが居るとか。そういう感じ方の歌やと思うたら別に抵抗ないのと違う？」

「それやったら、やってもええわ」

これでパス。彼は自分の演奏をＣＤに取り込んできました。私はそのＣＤで練習してから、彼の弾き語りに合わせて歌いました。ところどころ私の三線を勝手気ままに、ポロリ、とろりと入れると、二人の風が衝突することなく吹きました。一回では物足らないので何回も歌いました。

田んぼを渡る風が生温かく感じられる頃、また、歌いたくなりました。二人だけで演奏するのはもったいない。もっと仲間が欲しい。

私は、また、別の職員を誘いました。言語療法士です。彼もギターを抱えてやってきました。今度は三の風が吹きました。

違う風を感じる度に歌いたくなるこの歌。

その度に違う風になるこの歌。そのうち、本当に千の風になるかも知れませんね。

いかなご

次の患者さんのカルテに手を伸ばした時、

「先生、これどうぞ」

次の患者さんではなく、美枝さんが入ってこられました。紙包みを私の前に置いた途端に、もう居なくなりました。何やら重くてほんのり甘い香りのする包みです。

次の患者さん、その次の患者さん、またその次の患者さん……の診察を終えて先程の包みを開けてみると、いかなごの釘煮がずっしりと入っていました。美枝さんのお得意料理です。

美枝さんは昨年の秋に胃の手術を受けられたばかりです。三分の二も胃を切って痩せているのに、こんなに沢山作る体力があるのが不思議です。

何日か経って、美枝さんは、今度は呼ばれてから診察室に入ってきました。

「ご飯はしっかり食べていますか？」
「いいや、ソーメンかお粥です」
「そんな具合なのに、この前はいかなごを沢山煮てきてくれてありがとう。勿体ないねえ」
「せんせ、私、生きてる証に釘煮炊いたんよ。春になったら一回は作らんと気が済まんのよ」

大鍋に味醂や醤油を入れて沸かして、鍋の端からいかなごを少しずつ、鍋の中の温度を下げないように入れるのだそうです。煮ている間は立ちっぱなしの作業。それだけではなく、買い物は自転車です。荷台に何パックもいかなごを積んで帰って、煮て、出来上がった釘煮を、また、何パックにも詰めて、また、自転車で誰彼にと配るのだそうです。七十五才は過ぎて、術後の体です。いかなごのように細くて、小さくて、曲がった釘のようです。この方が何キロもの釘煮を？　信じられない。

今日も美枝さんは点滴を受けて帰られました。

夏が近づいたころ、美枝さんは引っ越しをされることになりました。私は、新しい住所の近くの医院に紹介状を書きました。

胃がん術後の方です。食事が進まないので、来院時に点滴をしています。よろしくお願いします。

その夏は殊の外厳しい暑さでした。美枝さんはどうしておられるかしら。気がかりでした。

海の側に引っ越された美枝さん。いかなごが育つように少しはおおきくなってほしい。

そんなことを考えて過ごしました。

いかなごにまず箸おろし母恋し　　虚子

ばあちゃんが死んだ

施設に通う障害児たちと一緒に花を植える機会がありました。葉牡丹と撫子。八十鉢のプランターに土と肥料をスコップで入れてから苗を植え込みます。

「さあ、始めましょう」

主催者の一言で沢山の人々がビニールシートに盛られた土の周りに集まりました。私もスコップを持って、目の前にいる男の子に声をかけました。車椅子ではなく、自力で動ける様子です。手も不自由ではなさそうです。けれども彼は一向に土を掬おうとしません。ぼうっと立っているだけで、土にも苗にも関心を示しません。視線が定まりません。

「僕も一緒に土を入れようね」

もう一度話しかけ、土の入ったスコップを彼の目の前に差し出しました。それでも彼は作業をしようとしません。私は困ってしまいました。周囲ではどんどん作業が進んでいるのに、男の子と私だけが突っ立っているのです。しばらくの時が流れました。突然彼が口をひらきました。

「ばあちゃんが死んだ」

ようやく解りました。この子は寂しくて、悲しくて、何もする気が起きないのです。誰かにその気持ちを聞いて欲しいのに、その誰かが傍にいなかったのです。居たとしても、どうやって話を切り出して解らなかったのです。

「そうやったん。つらいねえ、僕。おばちゃんも、前にお父さんが亡くなった時、寂しかったよ。ずっと泣いてばっかりやったんよ」

「僕ね、お線香あげたんや」

「偉かったねえ、僕。今度は、一緒にお花植えてみようね。きれいに咲いたら、きっと、ばあちゃんが喜んでくれると思うよ」

「うん」

彼がスコップを手にとりました。ゆっくりと土を掬い始めました。そうしてプランターに土を入れたのです。驚きました。気持ちが吹っ切れたのでしょうか？　私も一緒に土を入れました。続いて苗も植えました。

二人は黙々と作業を続けました。見ると彼は泣いていました。涙と鼻水がスコップに落ちて、土がぐしゃぐしゃになっています。着ている服も、手も、涙と泥でぐしゃぐしゃです。作業が終了してから全員でプランターを前にして写真を撮りました。彼がどこにいるのか探したのですが、見つけることができませんでした。

「ばあちゃんが死んだ」

彼がどうして突然に言い出したのか、今でもよくわかりません。ずっと考え続けています。ひょっとしたら、私が、彼のばあちゃんに似ていたのではないでしょうか？　髪が白くなって、顔には皺が寄っています。眼鏡はずりおちています。着膨れて不格好な体つき。スコップを差し出した手はしみだらけです。

どういう障害を抱えている子どもなのか、良くわかりませんが、友達も少なくて、何時もばあちゃんと遊んでいたのではないでしょうか？　突然姿がみえなくなったばあちゃん。私を見て、ばあちゃんを思いだしたのではないでしょうか？　もやもやしている気持ちをふっと口にしてみるきっかけになったのではないでしょうか？

年齢を重ねると、こういう関わりができることに気がついた花植え。

今頃、彼が植えた花が大きく、美しく咲いて、施設の玄関を飾っていることでしょう。

辛夷

庭に辛夷が咲いていました。

その日、医師国家試験の発表がありました。友達と一緒に発表を見に行って、わいわいがやがやと騒ぎながら電車で帰宅すると、辛夷の下で長兄が畑仕事をしていました。

「合格したんよ」

「…………」

おめでとう、という言葉を期待していた私は、兄が無言でいることが、さっぱりわかりませんでした。

「国家試験、合格したんよ。私、医者になったんよ」

「それがどうしたん。長いこと学校通うて、ようけの兄弟の中で沢山学資使うて、沢山の先生に教えてもろうて、それで合格せんかったらどうするんや。いばるな」

高揚していた気分がすーっと冷え込みました。

兄は、尚、続けました。

「辞めたらあかんで。絶対にやで」

それから四十年余。今も医者をしています。

友達、同級生の多くはもうフルタイムの仕事はしていません。

「旅行しない？」

「ハングル習って一緒に韓国へ行かない？」

「同級会に出てきませんか」

いろいろのお誘いを断ることも多いです。

毎日病院にいます。

病気で仕事を休んだことはあります。医師になりたての頃、要領が悪くて疲れ果て、喉頭炎になりました。入院して酸素吸入のお世話になりました。

六十歳の時、血圧が異常に上がって、眼底出血を起こしました。その時、治療に使われた薬に過敏反応を起こして高熱が続きました。この時も入院しました。他にも数日間程度具合が悪くなったことがありますが、すぐに仕事に戻りました。

体は元気なのに、仕事が嫌でたまらなくなったこともあります。受け持ち患者さんが、なかなか回復しなかったり、亡くなったりするたびに落ち込みました。また、若かった頃は、女医だという理由でいじめられることもありました。そういう時はほとほと仕事が嫌になりました。最近は、遊びたくてたまらないことがあります。

そんな時決まって思いだすのが兄の言葉です。

「辞めたらあかんで。絶対にやで」

今日まで続けてきたことに満足しています。

あの日、絶頂の気分でいたときに、敢えて拳を向けてくれた兄のお蔭で、踏ん張ることができました。でも、その兄は、心筋梗塞で急死しました。

遠くに嫁いだ私は、生前の兄に想いを伝えていなかったことを悔やみました。時折会っても、いつも照れくさくて、くだらない話ばかりしていたのです。

「もう辞めてもええやろ」

「…………」

返事がもらえないので辞めづらいのです。

兄は沖縄の三線が好きでした。土曜日の夜は工場の片隅で仲間と練習をしていました。

私も習ってみようと、しばらく先生につきましたが、数年しか続きませんでした。でも、難しい曲は弾けなくても、三線の音色の中に兄が居るような気がしています。

炎

確か、新聞の書評欄だったと思うのですが、消えない炎、小さくならない蝋燭、といった内容で、ある画家のことを書いた本が紹介されていました。そんなこと嘘やわ、と思ってその記事を切り抜くこともしなかったのですが、その後、妙に気になって仕方がないので、うろ覚えのその本を探し当てました。

『過激な隠遁　高島野十郎伝』川崎浹著　求龍堂

高島野十郎画伯。久留米出身で明善高校に在学中画家を志して上京。紆余曲折を経つつ、写実を重視する独自の境地で描き続けたと書かれています。晩年は千葉県柏市にアトリエを構えたものの、画壇との接触はほとんどなかったそうです。作品は散逸し、忘れ去られつつあったところを、福岡県立美術館の学芸員が執念で集めたとのことでした。

どんな蝋燭なのかしら？　是非見たいと思い、機会を窺っていたところ、いい具合に博多に行く用事ができました。用件はてっとり早く済ませて、福岡県立美術館を目指しまっしぐら。折しも、企画展の最中でした。

「二つの美術山脈」

修猷館と明善に集まった美術家たち

江戸時代中期に設置された修猷館と明善の二つの藩校は、後に県立高校になりました。両校共に、美術の面で多彩な人材を生み出した、と、会場の説明にあります。九十点もの絵画の中には、大きい画、カラフルな絵、元気の良い絵、壮大な構図、ファンタジックな絵、抽象画など、日頃絵を見慣れない私は疲れて目がくらくらしました。何度も会場の椅子に腰を下ろして、お目当ての蝋燭を探しました。

ありました。古びた机に置かれた蝋燭、背景には何も描かれていない小さな額。僅かに風があるのか、炎はゆらゆらっと揺れてはいますが、決して消えそうではなく、しっかりと太い炎です。周辺に灯りが伝搬して、蝋燭を暗い画面から浮かびあがらせています。燃え続けているように見えるのですが、半分近くなった蝋燭はそこからは決して小さくならないでそこにあります。一瞬を捉えて描いたのではなく、燃えている蝋燭をじっと見続けて、画伯の心の中に捉えこんだ蝋燭を描いているのでしょう。どの様な描き方の工夫が為されているのか、全くわからないのですが、炎の暖かさがじわーっと伝わってくるような感触があります。時間が経てば必ず小さくなるであろう蝋燭が何故、そのままの姿で燃え続けているように見えるのか、さっぱりわかりません。

日帰り旅で疲れたのですが、心の中にぽっと灯った蝋燭の炎が気分をひきたたせてくれました。もう一度見たい。他の画家の絵と混じってではなく、それだけで。

それにしても、何故私はあの書評が気になったのかしら？　福岡に出かけて絵を見たいと思ったのかしら。絵が好きでもないのに。

今度は、炎、という言葉に捕らわれました。

炎、炎、と唱えているうちに、そうだ、思い当たることがありました。

看護専門学校です。戴帽式。何度か出席したことがあるセレモニーです。

看護専門学校では、一通りの基礎学習を終えて、臨床実習に出る前に、戴帽式があります。学生達は、ナイチンゲールの像の前に一人ずつ歩み出て、手にした蝋燭にナイチンゲールの蝋燭から炎を分けてもらうのです。頂いた炎を消さないように静かに歩いて自席に戻るのですが、その間、炎は何度も消えそうになるのです。その都度、立ち止まり、両手で炎を庇います。命の炎が消えそうになる患者たちを庇う姿とだぶって見えて、学生たちのこれからの仕事を暗示しているようです。

一本の蝋燭の炎を見続ける高島野十郎画伯の思いが、どのようなところにあったのか、私は知る由もありませんが、ただひたすらに、心惹かれています。やっぱりもう一度あの絵の前に立ちたい。私の命の炎が燃え続けている内に。

訃報

朝、庭のあじさいが去年よりも沢山蕾をつけているのを見つけて出勤の足が鈍りました。粟粒が集まったような蕾は、今はまだ固く、沈んだ若草色で、葉っぱと葉っぱの奥にひっそりと埋まっています。昨日の雨で一回り大きくなったのでしょうね。去年は申し訳程度しか咲かなかったのに、今年は期待できそうです。蕾に顔を近づけて声をかけました。

その時、電話が鳴りました。小学校の同級生からで、恩師の訃報を知らせてくれました。

「夜伽は明日の晩や。葬式は明後日や」

列席したい、どうしたら行けるやろか、と考えたものの、結論が出ないままに出勤して、白衣に着替えると後はいつもの日常です。

ウイークデーはやっぱり無理やわ。京都までは。

仕事の合間に浮かぶ恩師。怖かったなあ。

五年生になったその日。黒板の真ん中に大きく、こわい先生、と書かれて以来、卒業のその日まで、たった一日も怖くない日はありませんでした。授業が厳しいのは勿論ですが、なんといっても背が高く、声は大きく、態度は堂々としておられ、近寄りがたい雰囲気がありました。黒板の字は大きく、美しく、それもその筈、先生は書道家でもあったのです。

それなのに、いたずら盛りの生徒達は、次々と新手のいたずらを繰り返しては先生に叱られました。時には、学校の裏山から切ったばかりの青竹で、並ばせた生徒達のお尻を纏めて叩くというお仕置きを実行されることもありました。

弔電を打つことにして、電文の末尾には旧姓を、そうして更に卒業の年を入れました。五十年以上も前の卒業生の名前など、ご遺族の方にわかる訳はない、と思いながらも。

旧姓、玉城。昭和二十九年向陽小学校卒、と電話口で言ったその時です。

こわい先生、と、黒板に書かれた、その時の先生の思いがわかるような気がしたのです。長い間、私の胸の中でもやもやしていたこと。なぜ、あんなにこわかったのか、が。

昭和二十九年と言えば、戦後まだ日の浅い頃でした。生徒も、親も、先生も、世の中も、誰もが貧しく、打ちひしがれていました。運動会の行進曲にはこんな曲が流れました。

緑の山河

戦争《たたかい》超えて　たちあがる
みどりの山河　雲晴れて
いまよみがえる　民族の
……以下　略

作詞　原　泰子
作曲　小杉誠治

こわい先生なのに、何故か生徒達は先生の家によく遊びに行きました。先生は八百屋の奥に住んでおられたので、生徒たちは店の中を通り抜ける時に、店先のりんごや駄菓子を失敬していました。店に出ておられた、先生の奥様は黙って見逃してくださっていました。模型飛行機が沢山ある家に入って、先生の大きなお膝を皆で奪い合い、飛行機の話を沢山聞かせてもらいました。飛行兵だった先生が生還の思いを込めて話されるのに、生徒達は楽しい乗り物を見ているようでした。教室の先生とは別人のようでした。

ただただ、無邪気な子ども達。どちらを向いても厳しい戦後の世の中。先生は、その両方を見据えた上で、こう思われたのでしょう。

この子達を、立派な日本人に育てなければならない、と。

小学校を卒業するまでに、何が何でも、と。

だから、勉強も、躾も、厳しかったのです。

それにつけても、貧相な体つきの子どもたち。貧弱なお弁当しか持って来られない子どもたちに、お腹いっぱい食べさせようとして、先生は八百屋の奥にお住まいを定められたのではないでしょうか。奥様は、子ども達が持っていったりんごや駄菓子のお金を黙ってお店に払っておいてくださったのだと思います。

先生の葬儀の日。私は校医をしている小学校の健康診断にでかけました。五年生の子ども達の胸に聴診器を当てながら、私は、先生方にも目を向けました。保健室を出たり入ったりされる先生は女性が多く、男性もおられますが、皆優しそうです。子どもたちは丸々と太っています。五十年前とは大違いです。

「こわい先生」も、本当はやさしかったのでは？　小学校の先生だから。時代があのようにさせてしまったに違いありません。今頃、ようやく気がついたことを、先生にお話ししたいのに、もうこの世にはおられません。

訃報で気がつくバカな私。いい歳をして……。

竹藪を吹く風のように、ざわざわと胸が鳴ります。どうすればこの風が止むだろうか。考えた挙句、

「そうだ。また、書こう」

「次の作品はまだかね」

いつも、こういっては、私の書くものを読んでくださった先生

天国で読んでいただこう。思いついて書き始めると、いつの間にか、葬儀に出られなかった悔しさが遠のいていくのでした。

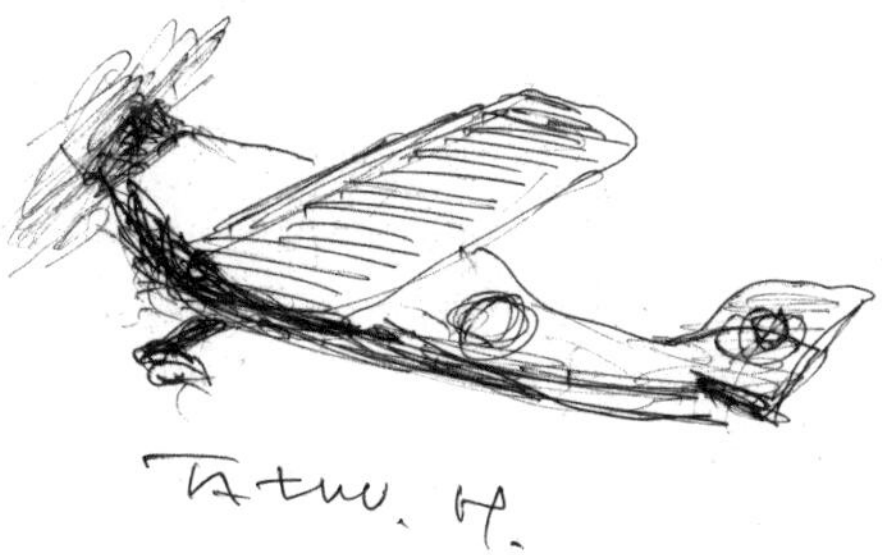

通り雨

三月もまだ初旬のことでした。

「新人歓迎会は四月五日の予定です。先生挨拶お願いします」。気の早い幹事が言ってきました。

新人たちの顔も見ていないのにそんなこと言われても、と思って気乗りがしないままに、準備することなく日を過ごしました。

そのうちに次々と新人たちと顔合わせ。今年は例年より多いです。その日が来ました。慌てて、さて今夜何を話そうかしら？　気持ちが焦って頭が真っ白になりました。

こういう時は誰かの言葉を借りよう。

書棚の本の背を見ていて、これだ！と手に取ったのは『港』。美須賀病院創業者の句集です。これなら何とか恰好つけられるかも。こう思いながら、春、の項から一句選びました。

野の果てに通り雨降り草萌ゆる　　小松朝陽子

中国大陸。戦地となっている広大な野原。通り雨の後に草が萌えています。戦局がどうなっているかは不明ですが、自然の情景については明るさの見える句です。軍医として中国大陸に赴き、そこで何度も春を迎えた舅、小松藤一（俳号　朝陽子）は、現地で部隊誌の編集をしていました。そこで発表した俳句や、その後の長い人生の中で詠んだ句を手帳に書き留めていました。古希の記念にと、子どもたちが一冊の句集『港』にまとめました。戦後、舅は今治で病院を開設しました。その舅の元で、私の開業医生活が始まったのは昭和五十一年。今では創業者を知らない職員が多くなっています。

さて、挨拶です。

野の果てに通り雨降り草萌ゆる

この句だけでは話になりません。何とか恰好をつけなければ……。考えを巡らせた挙句、

野の果てに、を、病の果てに、
通り雨、を、その時々の医療に、
草萌ゆる、を、命蘇る、

と、読み替えてみてはどうだろう。

勝手な解釈だけれど、こじつけだけれど、まあいいか、一時の挨拶だから。他にいい挨拶も思いつかないし……。

気持ちを落ち着かせてから挨拶です。

医療法人朝陽会、美須賀病院の概略と沿革を話し、その後、俳句を紹介しました。次いで本論です。

これから医療現場で一緒に頑張りましょう。

最近の医療の状況は、実際のところ通り雨に似ています。重い病を得て大病院に入院すると、一時的に、集中的に、まるで通り雨のように、強いシャワーのように高度医療が提供されますが、予定の医療提供が終わればさっさと退院を迫られます。そして、院外という野原に放り出されるのです。もう少し入院していたい、そうすれば体力、気力も回復するのに、と思ってもそこからは野原に出なければなりません。再発や別の病気などで、高度医療が必要になった時には、また、大病院で、通り雨のように、浴びるように高度の医療を受けて退院します。雨の中をかいくぐって野原をさまようように歩いている時に患者さん達が訪れるのが、街中の中小病院です。雨宿り？　濡れた身体を乾かすために？　冷えた身体を温めるために？　充分には回復していない体調と共に、心配事や悩みなどを引っ提げて来院されます。また、もう大病院には行く必要は無いけれど、病を持ちながらの日々の暮らしの中で必要な医療を受けるために患者さんたちが来院されます。抱えておられる問題点は様々です。私達が関わることで、患者さんたちが命蘇る想いを実感される時、句のように、草萌ゆると表現できるのではないでしょうか？

私達の美須賀病院はこういう病院です。野原ではなく、街中にある。小さくて地味で、目立たない病院です。朝陽会美須賀病院という名前は、創業者の俳号、朝陽子から取っています。皆で一つの朝の太陽のようになって患者さんたちを温めましょう。

なんとか挨拶は終えました。左程関心を持って聞いてくれたようにも思えないけれど、御馳走を前にして、とりあえず静かに聞いてくれました。

五月二十七日、九州、四国、中国地方に梅雨入りが宣言されました。例年よりも五～六日早いです。今夜は大雨です。強い風や、雷を伴うこともあるでしょう。テレビもラジオもうるさいほど注意を促しています。

深夜ふと目が覚めると、静かな夜です。雨はどうなったんやろか？　雷？　鳴ったんやろか？　窓から顔を出してみましたが、そういう気配は全くありません。乾いた地面、乾いた空気、風で木の葉が落ちた様子もありません。ならば安心する？　いいえ、反対です。オーバーな予報と違うの？　最近大袈裟な表現が多いような気がするけど？　でもそのうち本当に大雨？　雷も？　ベッドに戻ったものの目が冴えて眠れません。

こんな夜はどうする？　読書？　長い文章を眼で追う？　いやあもうしんどいわ？

そしたら他には？

俳句がええわ。短いから。

そして、また、思い出しました。『港』です。

野の果てに通り雨降り草萌ゆる

雨降りますよ。通り雨が。降ってまた，止むでしょう。安心して眠りましょう。
みなさまも、おやすみなさい。

旅の日々、今治の日々

―あとがきに代えて―

「大人になったらなにになる？」

子どもの頃、誰もが大人たちから一度ならず何度もこの質問をされていることと存じます。皆様はどう答えてこられたでしょうか？　なりたい自分が何度も変わった方はいらっしゃるでしょうか？　私もその内の一人です。

中学生の頃、英会話が上手になりたい、海外旅行の添乗員がいいな、と真剣に思った時期がありました。学校のＥＳＳクラブに入って英会話の練習に励みました。京都市内の中学・高校に通っていたので、通学途中で海外からの観光客に出会うと話しかけては短い応答に一喜一憂することも度々ありました。

けれども、高校の国語の先生の一言でその道をあっさりと断念しました。

「その英語で何を話すつもりなの？」

話の内容を求めて方向転換し、臨床医になりました。日本語で、しかもその土地の方言がもっともしっくりする地方の診察室で、患者さん達と沢山沢山話をしました。病気の話は勿論のこと、身の回りのよもやま話や、人生に起こる、ありとあらゆることを。今振り返ると、それは五十年以上前になる学生時代の方向転換の決断が自分にとって決して間違っていなかったことを悟るに足る経験でした。

心の中にしまっておくには勿体ないと思える、診察室での経験を日本語で綴り、同人誌に発表する機会を得て、日々の楽しみとしておりました。

一方、臨床医で、しかも有床の病院での開業医の生活は、遠出がままならない生活でもありました。海外旅行は夢の又夢で、国内旅行もままならぬ日々が長く続きました。遠出と言えば、学会か、実家のある京都へ一泊で出かけるくらいに限られました。おでかけ大好き、特にぶらり旅で心を遊ばせることへの憧れをずーっと胸に抱き続けた日々でもありました。

年を経て身辺に多少の時間と気分のゆとりができた時に真っ先に願ったことは、ひととき病院を離れてぶらり旅に出ることでした。出かけてみると、これこそが生来の私の気分に合うことだと感じました。

一番のビッグイベントはイギリスへの旅です。姉と二人で、もうとっくの昔に忘れてしまった英語を体の奥深くからひっぱり出しながらロンドン市内を歩きました。これを皮切りにぶらり旅を存分に楽しんでいます。後から思い返して書く事が又楽しく、こうなると、旅の日々も、今治の日々もどちらも、ぶらり旅を中心に楽しんでいることになります。

折々に綴った短いお話の中から、旅の日々、今治での日々を選んで一冊の本に纏めてみました。過ぎた日々の一コマ一コマに愛着を感じながら文章を選ぶのは殊の外楽しい時間でもありました。

一冊の本ができあがるまでには多くの方々にお世話になりました。同人誌に所属しながら、何の役割も果たさず、唯、原稿を送っただけの私に静かに応援メッセージを届け続けてくださいました、詩誌「野獣」の山本耕一路さま（故人）、文芸誌「アミーゴ」の菊池佐紀さま、過分の表紙絵と挿絵を描いてくださいました平井辰夫画伯、脈絡のない短文ばかりを一冊の本にまとめ上げてくださった創風社出版の大早友章・直美御夫妻、そうして最後に、美須賀病院の開設以来長きにわたって、おでかけばかりしている私に代わって、散らかった我が家を心地良く整え、秘書役までこなしてくださった木村昭子様に感謝いたします。

小松紀子

平成二十七年　春

昨日の雨　初出一覧

「**野獣**」

お餅沢山　二〇〇一年三月　一九八号
ばあちゃんまたくるけんね　二〇〇一年十二月　二〇〇号
テニスコートの猫　二〇〇二年四月　二〇一号
暇医者のすることといえば　二〇〇三年四月　二〇二号
グループの名はあじさい　二〇〇四年八月　二〇四号
いいこと日記　二〇〇五年三月　二〇五号
フラッシュレッド　二〇〇六年一月　二〇七号
椿　二〇〇六年七月　二〇八号
どすん　二〇〇七年二月　二〇九号
千の風になって　二〇〇七年七月　二一〇号
弧島にて　二〇〇八年三月　二一一号
「ぽあん」二〇〇八年二十七号
いかなご　二〇〇八年九月　二一二号
ばあちゃんが死んだ　二〇〇九年三月　二一三号
辛夷　二〇〇九年九月　二一四号

ホットク　二〇一〇年四月　二一五号
炎　二〇一一年三月　二一六号

「アミーゴ」
五月十五日　二〇〇五年八月　五四号
訃報　二〇〇八年八月　六〇号
行き先は看護学校です　二〇〇九年三月　六一号
雨の熊野路でであったのは？　二〇〇九年八月　六二号
案山子　二〇一〇年三月　六三号
街　三題　二〇一〇年九月　六四号
耳をすます　二〇一一年三月　六五号
人　三題　二〇一二年　春　六六号
あなたと？　二〇一二年　秋　六八号
エアポート　二〇一三年　春　六九号
通り雨　二〇一三年　夏　七〇号
縁雫　二〇一四年　春　七一号
くまモン　二〇一四年　秋　七二号

著者紹介
小松　紀子（こまつ　のりこ）

1942年　京都府生まれ
奈良女子大学理学部卒業
大阪医科大学卒業
美須賀病院理事長

40歳頃からエッセイを書き始める。最近は「アミーゴ」「ぽあん」等に発表している。
著書に『あのね　えっとね』(原印刷)『キャベツの行方』『花火』『城のほとりで』（以上、創風社出版）がある。

〒794-0037　今治市黄金町4丁目5－21

小松紀子エッセイ集
昨日の雨　きのうのあめ

2015年3月2日 発行　定価＊本体価格 1400円＋税
著　者　小松　紀子
発行者　大早　友章
発行所　創風社出版
〒791-8068 愛媛県松山市みどりヶ丘9－8
TEL.089-953-3153 FAX.089-953-3103
振替 01630-7-14660 http://www.soufusha.jp/
印刷　㈱松栄印刷所

ISBN 978-4-86037-217-0
JASRAC 出 1501474-501